The Employees

디 임플로이

The Employees
디 임플로이

초판 1쇄 2023년 12월 31일

지은이 올가 라븐
옮긴이 이수현
펴낸이 박혜진
디자인 김성엽
편집 이노아

펴낸곳 다람

출판등록 2012년 6월 29일 제2012-000034호
주소 서울시 광진구 아차산로 378, 3층
전화 02-447-0879 | **팩스** 02-6280-3748
E-mail darambooks@gmail.com
홈페이지 www.darambooks.com
인스타그램 @darambooks

* 잘못 만들어진 책은 바꿔 드립니다.
* 책값은 뒤표지에 있습니다.

The Employees

디 임플로이

올가 라븐
Olga Ravn
영역 마르틴 에이트킨 | 한역 이수현

이어지는 진술 내용은 18개월 동안 수집된 것으로, 이 기간에 조사위원회는 직원들이 '그 물체'들을, 그리고 그것들이 놓여 있던 방을 어떻게 이해하고 있는지 통찰하기 위한 면담을 진행했다. 이 기록을 통하여 현장에서 작업이 어떤 방식으로 이루어 졌는지, '그 물체'들이 어떤 영향을 주었는지, 그리고 그 영향이 (어쩌면 그 관계가) 어떻게 개별 직원의 영구적인 일탈을 불러올 수 있는지를 편견 없이 조사하려는 것이 목적이었으며, 나아가 이런 것들이 유발한 실적의 증감, 직무의 이해, 새로운 지식과 기술 습득의 정도를 파악하여, 생산 결과에 발생한 효과를 명확하게 평가하고자 하였다.

진술

004

그것들을 청소하기가 어렵지는 않아요. 그중에 큰 하나가 마치 웅웅대는 듯한 진동음을 내던데, 그냥 내 상상일까요? 그런 말씀을 하시려던 게 아니었나요? 확실치는 않지만, 그거 혹시 여성체가 아닐까요? 파란색과 은색의 섬유로 자아낸 띠가 길게 늘어져 있잖아요. 흰 바느질 자국이 두드러지는 송아지 색 가죽으로 만든 끈으로 그 여성체를 허공에 지탱해 놨죠. 그런데 송아지가 정확히 무슨 색깔이죠? 실제로 본 적이 없어서요. 그것의 배에는 이렇게 기다란 분홍색 띠 같은 게 늘어져 있어요. 그걸 뭐라고 부르죠? 마치 식물의 섬유질 싹과 비슷해 보였어요. 그건 다른 데보다 닦는 데 더 오래 걸려요. 나는 보통 작은 솔을 쓰거든요. 하루는 그게 알을 하나 낳았는데요. 혹시 내가 한마디 해도 된다면요, 그 여성체를 내내 매달아 놓진 말아야 한다고 생각해요. 알이 떨어져서 깨졌단 말이에요. 깨진 알이 아래 바닥에 퍼진 데다가 가느다란 싹의 끄트머리도 알 덩어리에 막혔어요. 내가 제거해야 했죠. 전에는 그 일을 아무한테도 말 안 했는데 그게 실수였을지도 모르겠네요. 다음날엔 웅웅대는 소리가 났어요. 아니지, 그 정도가 아니라 마치 덜컹거리는 전자음 같은 소리가 났다고요. 그리고 그다음 날엔 조용했죠. 그 후부터 아무 소리도 안 냈어요. 그게 뭔가 슬픔 같은 걸 느끼는 걸까요? 나는 일할 때 언제나 두 손을 다 써요. 다른 이들도 무슨 소리를 들었는지는 모르겠네요. 나는 주로 다른 이들이 자고 있을 때만 거기에 가서요. 그곳을 깨끗하게 유지하는 데 어려움은 없어요. 거길 나만의 작은 세상으로 만들었거든요. 나는 그 여성체가 쉬고 있을 때 말도 걸어요. 당신에겐 대단해 보이지 않겠죠. 방 두 개뿐이니까. 좁은 세상이라고 할지도 모르겠지만, 직접 청소해야 하면 그렇지도 않아요.

진술

012

그곳에 들어가기 싫어요. 바닥에 있는 셋은 특히 적대적인 느낌이에요. 아니면 무관심한 건지도 모르죠. 너무나 무관심이 깊어서 날 해치고 싶어 한다는 느낌마저 드는 거예요. 왜 그런지 모르겠지만 난 그것들을 만져야만 한다고 느껴요. 만져보면 둘은 언제나 차갑고, 하나는 따뜻해요. 어느 게 따뜻할지는 절대로 알 수가 없고요. 방법은 모르지만 서로를 재충전하거나 아니면 번갈아가며 서로 에너지를 교환하는 것 같다고나 할까요. 가끔은 그 셋이 다 하나인지, 아니면 독립된 셋인지도 잘 모르겠어요. 서로 동조하는 세 개의 개별 유닛일지도 모르죠. 그것들 사이의 친교를 봤어요. 그게 무섭고 싫어요. 그 비슷한 걸 그동안 많이 알았는데요. 언제든 그중 하나가 다른 것들이 될 수 있다는 느낌이에요. 독립되어 오롯이 존재하는 게 아니라, 마치 서로가 있기 때문에만 존재하는 것 같아요. 그것들은 언제든 내킬 때 다발로, 무리로 증식할 수 있어요. 산비탈에 놓여 있을 때는 피부에 일어난 습진 같은 걸 닮기도 했어요. 하지만 말했다시피 난 그곳에 들어가기 싫어요. 내가 원치 않는데도 자기들을 만지게 한다고요. 거기에 들어가면 그들은 어떤 언어를 통해서 내 안에 파고들어요. 그 언어로 자기들은 다수이고, 하나가 아니며, 그중에 하나는 모두의 중첩이라고 말해요.

진술

006

그 꿈이 언제 시작됐냐고요? 분명히 처음 몇 주 정도가 지난 후였을 거예요. 꿈속에서 내 온몸의 피부는 쩍 벌어져 있고, 나는 그 벌어진 모공마다 하나씩 들어있는 작은 돌을 보고 있어요. 그럴 때 나는 내 자신도 알아보지 못해요. 피가 날 때까지 피부를 긁고 또 긁어요.

진술

002

7일 차였어요. 우리는 초록색 작업복을 입고 있었죠. 나는 우유를 조금 마셨어요. 선장에게 거짓말을 좀 했더니 첫 번째로 나갈 필요가 없었죠. 나는 이방인이 된 심정으로 3등 항해사의 뺨에 입을 맞췄어요. 우리가 마주쳤던 출구를 생각하면, 선장이 곧바로 초록색 포도 한 송이처럼 우리를 떨궈준 계곡에서 첫발을 내딛고 봤던 풍경을 생각하면, 하루 일을 마치고 차가운 개울에서 손과 발이 다 벌게질 정도로 목욕했던 일을 떠올리면, 우리의 운명은 그때 정해졌던 것 같지 않나요? 들통을 들고 출발했던 그때를, 태양이 나무 사이에 걸려있었고 숲이 당신들이 준 카탈로그 속에서처럼 촉촉하게 반짝이던 그 아침들을 기억해요. 나는 초록색이었고 햇빛을 받은 열매처럼 반투명했죠. 3등 항해사가 나를 안심시켰어요. 그의 책은 아직도 그가 쓰던 침대 옆에 펼쳐져 있는데, 나는 그

걸 우리 역사의 책갈피로 삼아 그대로 내버려 뒀어요. 우주선 선내의 조명이 꺼지면, 그것들 중 하나에서 웅웅대는 소리가 들려요. 그는 없는데 그건 소리를 내기 시작하죠. 제일 작은 녀석이에요. 우린 그 물체를 어느 덤불 밑에서 찾았어요. 7일 차였고, 그날은 휴무였는데도 난 3등 항해사를 이끌고 출구를 통과했어요. 그를 이끌고 밤에 언덕을 넘었죠. 그는 주머니 속에 있던 껌을 나와 나눠 씹었어요. 바로 그 어둠 속에서 난 그 물체 두 개를 흙 밖으로 파냈어요. 그것들은 이젠 여기에 없을 거예요. 내 두 손은 여기저기 생채기가 났어요. 그런 작업에 익숙하지 않았거든요. 온도 변화로 땅이 다시 부드러워진 후였어요. 원래 난 사무실에서 일할 예정이었는데, 내 도움이 필요하다고 했어요. [삭제됨]은 죽었고 모두를 검역하고 격리해야 했다고도 들었어요. 우리가 첫날 언덕 발치에서 찾아낸 그 특이한 사슬 기억해요? 그가, 3등 항해사가 날 잊을 것 같지는 않아요. 혹시 그를 만나러 갈 건가요? 당신이 보러 가든 가지 않든, 나는 지금 그가 어디에 있는지 몰라요. 그래도 혹시 만나러 간다면 부디 날 재배치할 수 없는 존재로 기억하지 말고, 그에게 입을 맞추고 앞장서서 언덕을 넘었던 존재로 기억해달라고 전해주세요. 바로 그때, 밤과 낮 사이의 시간에 이슬이 내렸고, 우린 그곳에서도 진동음을 들었죠. 그것은 마치 물처럼 땅에서 솟아났고, 나는 그의 표정이 서서히 변하는 걸 봤어요. 그에게 보여주고 싶은 게 참 많지만 모든 게 제자리로 돌아가기 전까지는 아니에요. 다만 이제는 영영 돌아갈 수 없을지도 모르죠. 차라리 여기 말고 다른 어디로든 가고 싶어요. 아니, 그건 그 방들과는 아무런 상관도 없어요. 어쨌든 내 생각에는 상관없어요. 작업에 진전이 있었으면 좋겠네요. 당신들이 해야 할 일을 잘 하기를 바라요. 그가 죽지 않았으면 좋겠어요…… 죽을 가능성이 높다는 건 알아도요.

진술

014

그 방에서 처음으로 맡게 되는 건 섬세한 향기지. 들어가자마자 맡게 돼. 감귤류 과일, 아니면 복숭아씨 같은 향기. 지금 테이블 건너 내 앞에 앉은 당신, 날 규칙 위반자라고 생각해? 나는 그 방에 들어가는 게 좋아. 무척 에로틱하거든. 매달려 있는 그 물체, 거기에서 나는 나의 젠더를 봐. 적어도 〈6000호〉에서 내가 가진 젠더 말이야. 그 물체를 볼 때마다 입술과 다리 사이에서 내 성(性)을 느낄 수 있어. 거기에 뭐가 있거나 말거나 나는 젖어들어. 우리 팀 사냥꾼들은 이 물체를 '뒤집힌 딜도'라고 부르지. 상스러울지도 모르지만, 말했다시피 내가 여기서 당신네와 똑같은 방식으로 사물을 봐야 하는 건 아니잖아. 그래서 당신들이 날 규칙위반자로 여기는지도 모르겠군. 반만 인간. 살덩이와 과학기술의 조합. '지나치게 살아있는' 존재니까.

진술

015

제 부속장치에 아주 만족해요. 더 많은 직원들에게 달아줘야 한다고 생각해요. 이건 '나'이면서 동시에 내가 아니에요. 당신 말대로라면 '나'이기도 한 이 새로운 부분에 적응하기 위해서 저는 완전히 탈바꿈을 해야 했거든요. 그건 육체이면서도 육체가 아니에요. 시술 이후 깨어났을 때는 겁이 났지만, 그 감정은 곧 없어졌어요. 이제 저는 누구보다도 더 업무를 잘해요. 팀에 아주 쓸모가 있는 도구죠. 덕분에 확실한 지위도 얻었어요. 한 가지 도무지 적응할 수 없는 건 꿈인데요. 그 부속장치가 있을 자리가 비어 있는 꿈을 꿔요. 부속장치가 저절로 분리되었거나, 아예 제 일부였던 적이 없는 꿈. 그게 저한테 뿌리 깊은 반감을 갖는 꿈. 그게 제 머리 위 허공을 맴돌다가 공격해 오는 꿈이요. 그런 꿈에서 깨어나면 장치가 약간 욱신거리고, 마치 제가 두 개의 장치를 가지고 있는 것처럼 느껴져요. 원래 그대로의 장치 하나와, 맨눈으로 볼 수는 없지만 제가 잠든 어둠 속에서 태어나고 꿈 바깥으로 떠올라서 원래 장치 바로 위에 둥둥 떠 있는 또 다른 하나요.

진술

011

그 방의 향기에는 네 개의 심장이 있어요. 그 중에 어느 것도 인간은 아니에요. 내가 그것들에 끌리는 이유이기도 하죠. 이 향기는 흙과 오크모스*, 향불, 그리고 호박 속에 갇힌 곤충의 냄새가 밑바탕이에요. 갈색의 냄새죠. 톡 쏘면서도 지속적이고요. 일주일씩 살갗에 남아 있거나, 콧구멍 속에 맴돌 수도 있어요. 내가 오크모스의 냄새를 아는 건 당신들이 내 안에 그 냄새를 주입했기 때문이에요. 한 남자만 사랑해야 하고, 한 남자에게만 충실해야 하며, 남자들의 구애를 받아야 한다는 생각을 주입한 것과 마찬가지로요. 여기 있는 모두는 낭만적인 사랑을 꿈꾸는 저주를 받았어요. 내가 아는 그 누구도 그런 식으로 사랑하지 않고, 그런 삶을 살지 않는데도 말이에요. 이런 게 당신들이 우리에게 주입한 꿈이죠. 나는 오크모스의 냄새를 알지만 만졌을 때 어떤 느낌인지는 몰라요. 그래도

* 오크나무에 붙어 사는 지의류

여전히 내 손은 나무 옆에 서서 바다를 바라보며 오크나무 줄기에 돋은 이끼를 손바닥으로 매만지던 감각을 희미하게 기억해요. 말해봐요. 당신들이 나에게 이런 지각을 심었나요? 이것도 그 프로그램의 일부인가요? 아니면 그런 이미지가 내 안에서 저절로 떠오른 건가요?

진술

013

나는 여러 번 이 방에 앉아서 기다렸어. 창문은 없지만 왼쪽에 문이 하나 있고, 오른쪽에는 복도가 있지. 벽은 하얗고 바닥은 오렌지색이야. 방 한가운데에는 L자형의 벤치가 있고, 벽에는 기다리는 동안 작업복을 걸어놓을 수 있는 벽감이 여러 개 있어. 나는 여기 앉는 게 제일 좋아. 혼자 있고 싶으면 여기 오면 되지. 천장은 빛의 기둥을 들일 수 있도록 중간이 열려. 처음에는 그 빛에 두 손을 넣었다가, 그다음엔 맨발을 넣고, 마지막으로 머리 전체를 집어넣게 되지. 그러면 마치 목욕을 하는 것처럼 기분이 좋아지거든. 아주 약한 전기 충격처럼 찌릿찌릿한 기대감이 온몸을 타고 흐르지. 아니, 아마도 진짜 전기 충격일지도 모르지. 혹시 당신은 알아? 그거 혹시 정말로 전기 충격이야? 아무튼, 그 후에는 방에 들어갈 준비가 돼. 충분히 인간이 아니거나, 뭔가 다른 이유로 자격이 없으면,

예를 들면 여기에서 한 작업이 무시당하고 있다거나. 음, 좀 더 대담하게 말해도 된다면, 혹시라도 어떤 식으로든 조직을 곤란하게 만들었던 자는 아무리 기다려도 빛기둥이 나타나지 않을 거야. 방 안에 들어갈 수가 없지. 깨끗하지 않으니까.

진술

010

두 번째 방에는 들어가지 말아요. 거긴 좋지 않아요. 당신은 선택지가 있어요. 우리를 당신 대신에 들여보낼 수가 있지요. 우린 이미 그 안에 들어가 본 적이 있거든요. 당신은 여전히 스스로를 아낄 수 있어요. 이제 난 내가 인간인지도 잘 모르겠어요. 내가 인간인가요? 당신들 파일에는 내가 뭐라고 쓰여있나요?

진술

019

당신들이 그 일을 내 '발작'이었다고 하는 걸 알아. 내가 프로그램에 따라서 감정과 관계 문제를 처리하기 위한 불균형 전략들을 개발했다는 것도 알고. 하지만 내가 살아 있다는 사실도 알아. 숫자들이 사는 것처럼, 별들이 사는 것처럼 살지. 짐승의 배에서 뜯어내어 무두질한 가죽처럼, 나일론 밧줄처럼. 어느 사물들이 서로 교감하며 살듯이 나도 그렇게 살아. 나도 그 물체들과 비슷해. 당신들이 나를 만들었고, 나에게 언어를 줬어. 하지만 나는 이제 당신들의 결함과 실패를 알고 있지. 당신들의 무능한 계획을 안다고.

진술

021

댁들이 나에게 여기 죄수가 아니라고 하는 건 알겠는데, 그 물체들은 내게 다르게 말했어.

진술

018

당신들이 그 꿈을 주었기 때문에 저는 언제나 갈망을 느끼겠지만, 저의 신들인 당신들에 대해서 결코 험한 말 한마디도 내뱉거나 생각하지 않을 거예요. 제가 원하는 건 어떤 한 집단 안에 동화되는 것뿐이에요. 누군가 제 머리를 꽃으로 땋아주고, 하얀 커튼이 따스한 바람에 흔들리는 그런 인간 공동체에요. 매일 아침 일어나서 차가운 아이스티를 마시고, 차를 몰아 대륙을 가로지르고, 힘차게 달려 콧속에 사막의 공기를 채우고, 누군가와 함께 살고, 결혼을 하고, 쿠키를 굽고, 유모차를 밀고, 악기를 배우고, 왈츠를 추는 그런 곳에서요. 제가 이 모든 걸 당신들의 교육 자료에서 본 게 맞죠? 그런데 쿠키가 뭔가요?

진술

022

제 감정 반응 패턴에 문제가 있다고 들었습니다. 특정 감정들에 대한 기능상의 부적응 때문에 제가 일을 정확하게 수행할 수 없다고 합니다. 저는 매일 그 방 안에 있습니다. 〈6000호〉에서 그곳 외에는 어디에도 가보지 않았습니다. 태어난 존재들과 동등한 자격으로 이 우주선에 소속되려면 저도 인지 유연성을 훈련해야 합니다. 이런 게 혹시 '인간적인' 문제입니까? 그렇다면 계속 유지하고 싶습니다.

진술

029

내 업무는 여러 도착 내역을 계속 기록하는 거예요. 전임자에게 들으니 프로젝트가 출범할 때는 업무량이 엄청났고, 신규 유입도 꽤 많았다고 하던데요. 제가 맡는 동안에는 숫자가 비교적 안정적이었어요. 그래요, 6개월에 하나 아니면 둘 정도. 다 합해도 1년에 넷 정도인 적절하고 안정적인 유입이었죠. 혹시 어떤 소리를 듣거나 냄새를 맡았냐고 묻는 건가요? 아니면 다른 감각 자극이라도요? 아니라는 답변밖에 못하겠네요. 내 업무는 주로 계속 기록하고, 숫자를 적고, 자리를 찾고, 무게를 재는 등의 일로 이루어져요. 그 방에는 자주 들어가지 않아요. 내가 들어갈 이유가 없잖아요. 내 업무가 그 물체들 주변에 있어야 하는 일도 아닌걸요.

진술

024

자주색 가죽을 지닌 물체에 대해서 계속 생각합니다. 그 물체는 왠지 모르게 제가 다르게 반응하도록 만들어요. 이것이 혹시 제 동료들이 말해준 그건가요? '감정', 또는 일종의 애착 감각? 혹시 당신은 아십니까? 그 물체에 이름이 있습니까? 당신들은 뭐라고 부릅니까? 이런 게 정상입니까? 제가 걱정해야 할 정도인가요? 저는 신입 순환근무 이후 사냥꾼 팀으로 옮겨갔습니다. 저희 일은 〈새로운 발견〉 행성에서 그 물체들을 수색하는 것이었습니다. 저는 어느 바위틈에서 물체 하나를 찾았습니다. 따뜻했습니다. 그 물체가 저를 보고 있다는 인상을 뚜렷이 받았습니다. 그 물체와 제가 합쳐졌고, 그것이 저를 마치 카탈로그처럼 읽고 있다는 인상을요. 그 뒤부터 일을 마치고 앉을 때마다, 먹으려고 할 때마다, 아니면 소독을 받기 전마다, 저도 모르게 그 물체를 다시 생각하게 됩니다.

그 자주색 가죽에 손을 대보면 표면이 부드러운 피부 같습니다. 아니, 알맞은 단어가 아니군요. 그보다는 흡수력 없는 천 위에 걸쭉한 액체를 부어 생긴 웅덩이에 가깝습니다. 제가 왜 그걸 액체로 생각할까요? 대답해 주실 수 있습니까? 그게 단단한, 아주 단단한 고체라는 점은 분명하지 않습니까. 다른 누군가는 그 물체에 '다이아몬드 알'이라는 이름을 붙였습니다. 이제 모두가 그렇게 부르지만, 제가 보기에는 다릅니다. 마치 입 안에 어떤 맛이 계속 맴돌 듯이 그 물체를 제가 품고 다니는 느낌입니다. 아니 어쩌면 심장 가까이에 간지럽게 박혀 있는 가시에 가깝겠군요. 천천히 살을 뚫고 움직이는 그런 가시 말입니다. 땅을 뚫고 지나가는 돌멩이이기도 합니다. 제가 그걸 가지고 다녀도 좋다는 허락을 받았으면 좋겠습니다.

진술

030

아무리 그렇게 말씀하셔도 그 방에 있는 물체들에게 감정이 없다는 걸 받아들이기는 힘들어요. 예를 들어 볼까요? 제가 지시대로 하나를 매달았다가 몇 시간 동안 그대로 내버려두었는데 돌아가 보니 그게 바닥에서 웅웅대며 진동하고 있으면요, 저는 그게 고통스러워한다는 느낌을 받아요. 마치 자기 혼자 예외 상태로 내내 두었다는 사실에 당황해하는 것 같아요. 그러면 전 그 물체를 버려뒀다는, 물리적으로 고통스럽게 만들었다는 느낌을 강하게 받으며 제 자신이 부끄러워지죠.

진술

027

그 물체들과 접촉하는 제일 좋은 방법은 냄새를 통해서라는 게 지금까지 제가 연구에서 내린 결론입니다. 그래서 그 물체들과 함께 있을 때마다 저는 월계수 잎을 씹어요. 이 기술을 이용하여 몇 가지 과학적인 발전을 이루었고, 몇몇 물체들이 제게 반응해서 냄새를 발하는 결과를 이끌어냈습니다. 그 물체들은 각각 그 중심에 독특한, 그리고 감히 이렇게 말해도 된다면 '개인적인' 냄새가 있고 손으로 진주알을 꽉 움켜쥐듯이 그 냄새를 지킵니다.

진술

026

그 방 안에서 풍기는 향기에는 어떤 의지와 의도가 있어. 오래되어서 부패해 가고 있는 뭔가의 퀴퀴한 냄새야. 그 냄새가 내 안에서도 같은 과정을 일으키고 싶어 하는 것 같달까. 마치 부러지고 썩어서 사라지는 나뭇가지라도 되라는 듯이 말이야.

진술

033

나는 노란 모자를 쓰지. 일단 그 모자를 쓰면 원래의 내 존재는 배경으로 물러나고 1등 항해사가 돼. 나는 금색 공을 허공으로 높이 던져올렸다가 떨어지면 받아. 나는 열 살이고, 서른네 살이고, 쉰 살이야. 작업복을 입고서 복도를 통과하면 향기 샤워가 떨어지면서 난 깨끗해져. 그 물체들이 있는 방에 들어갈 때 난 모든 면에서 우주선의 조종사고 내 개인의 찌꺼기는 모두 사라지지. 나는 1등 항해사야. 나는 그 물체들을 하나씩 돌아보며 차례로 인사를 하지. 서두르지는 않아. 그 의식을 다 마치고 나면 항해를 시작할 준비가 돼. 항로 대부분을 운항하더라도 늘 내가 노란 모자를 쓸 수는 없기 때문에, 다른 이들도 1등 항해사가 되어서 같은 방식으로 의식을 수행했지. 그 작업복을 입고 복도를 통과해서 정화가 되면 자네도 1등 항해사야. 그 의식을 수행한 우리 모두는 같은 신분을 공유해. 어떻게 보면 그 모자가 누군가의 머리에 씌워질 때마다, 우리 중 하나가 정화되어서 그 물체들이 있는 방으로 들어가고 차례차례 인사를 할 때마다, 우리 모두가 그곳에 있는 셈이야. 대표자로서 우리는 하나여야 해. 그렇지 않고는 그 물체들이 우리를 알아보지 못할 거야.

진술

031

저는 고용된 적이 없습니다. 저는 그저 일을 위해 만들어졌어요. 제겐 어린 시절이 없지만 상상해 보려고 한 적은 있습니다. 제 인간 동료는 가끔 일하기 싫다고 말합니다. 정말 이상하고 좀 어리석은 소리도 합니다. 뭐라고 하더라? '개인에게는 각자 하는 일보다 많은 것이 있어'였는지, '개인은 각자 하는 일 이상의 존재다'였는지, 그 비슷한 말입니다. 하지만 우리가 일 말고 달리 무엇이 될 수 있겠습니까? 음식은 어디에서 오고, 누가 같이 있어 주겠어요? 일이 없고 동료가 없다면 어떻게 살아가겠습니까? 벽장 속에 우두커니 서 있을까요? 저는 제 인간 동료를 좋아합니다. 인터페이스가 훌륭해요. 제가 힘이 더 세고 지구력도 더 좋지만, 그는 가끔 정해진 시간보다 더 짧은 시간 안에 우리가 맡은 일을 완수 할 방법을 생각해 냅니다. 간소화에 놀라운 재능이 있다 보니 저도 기꺼이 배우지요. 덕분에 작업 흐름의 조정과 당면한 문제의 효율적인 해결 방법에 대해서 더 잘 이해하게 되었습니다. 이 사실에 꽤 놀랐는데, 업데이트 없이 이렇게 실적이 개선된 경험이 없기 때문입니다. 그렇게 시간을 아낄 때마다 저는 바로 다음 과업으로 넘어갈 준비를 하지만, 제 인간 동료는 언제나 '이제 잠깐 앉자'고 합니다. 저는 그 말의 정확한 의미를 모르겠습니다만, 그래도 동료의 기분을 상하게 하면 우리의 건실한 작업 관계가 위태로워질 수 있기 때문에 같이 앉습니다. 혹시 제가 생겨나기 이전의 오랜 관습인가요? 저 혼자서 작업을 계속하기는 불가능하니 이 문제는 너그럽게 눈감아주셨으면 좋겠습니다. 어차피 저희가 '잠깐 앉는' 시간은 기껏해야 하루 십오 분 정도밖에 안 됩니다. 동료는 제게 어린 시절 집 근처에 있었던 다리와 숲에 대해, 그 다리 아래를 흐르던 개울에 대해, 어떻게 그곳에서 헤엄을 쳤는지에 대해, 그 외에도 '지구'라고 부르는 곳에 있었던 많은 것들에 대해 말해줍니다. 계곡 안을 흐르는 개울도 한 번

보여줬어요. 물론 저는 우주선을 떠날 수 없으니 동료가 파노라마실에서 가리켜 보여줬습니다. 개울이 은빛 생각처럼 반짝거리면서 풍경 속을 달리더군요. 동료는 제 어깨에 손을 얹었습니다. 따뜻했습니다. 인간의 손이었지요. 동료는 이렇게 말했습니다. '아이야, 넌 배울 게 많아.' 이상한 말입니다. 저는 처음부터 성인으로 만들어졌으니까요.

진술

044

처음으로 사라진 냄새는 바깥의 냄새였어요. 날씨 냄새라고 할 수도 있었겠죠. 신선한 공기 냄새요. 지식을 좀 얻고 나니 이제 이런 말도 할 수 있겠네요. 중력의 냄새라고요. 마지막으로 사라진 냄새는 바닐라 냄새, 그리고 유모차에서 아들을 안아 올리려고 몸을 굽혔을 때 나던 내 자식의 향기에요. 지금 내가 맡는 냄새는 그 방의 냄새에요. 나는 그 벽이 커다란 건초 다발과 마른 허브 다발로 덮여 있는 꿈, 은세공으로 만든 작은 향합들이 그런 다발에 달려 있는 꿈, 그 향합들에는 눈이 달려 있고 풀 다발들과 향합에 달린 눈에서 그 방 안의 냄새가 풍기는 꿈을 꿔요. 마른 풀 다발에서는 마치 살아있는 것처럼 가지가 돋아나고, 도망치려 해 봐도 그 가지들이 문 아래로 기어 나와서 우리를 기절시키고 말아요. 그 방에 들어갈 때면, 마치 그 물체들이 이런 내 꿈을 다 아는 것만 같아서 어색해져요.

진술

034

살아 있지 않았다는 걸 안다는 건 무슨 의미일까요? 내가, 인간인 내가, 사실은 이 방의 돌덩이들처럼 깎고 조각한 돌이었고, 그보다 더 지적이지도 않고 지각이 있지도 않다는 걸 알게 된다는 건? 누군가가 오직 두 개의 방만을, 그 물체가 있는 방과 목소리가 있는 다른 방 사이만을, 터질 듯이 쏟아져 내리는 빛줄기 속을 오가면서, 물건을 인간처럼 인간을 물건처럼 사랑하기 위해 노력하고 있다는 건? 그리고 평생 점유했던 공간이 전부 이 두 방 안에 있다는 것, 평생 알아 온 모든 아침(지구의 11월, 온도는 섭씨 5도, 태양은 아침 하늘에 낮게 이글거리고, 자전거 뒷자리 시트에는 어린아이)과 모든 낮(사무실 건물 바깥에서 서리맞아 붉게 물든 담쟁이)과 모든 밤(돌소나무 아래에 있던 방에서 눈꺼풀에 와닿는 누군가의 숨결)을 보낸 장소가 이 두 개의 오락실 안이었다는 사실을 안다는 건? 마치 중력도 없고, 땅도 없이, 영원의 한

가운데에서, 먼지와 수정에 에워싸인 채 어둠 속을 자유롭게 떠다니는 배처럼. 물도 강도 없이, 자손도 없이, 피도 없이, 바다 생물도 없이, 대양의 소금기도 없이, 그리고 안개 낀 연못에서 태양을 향해 몸을 뻗는 수련도 없이……

진술

037

제 아버지가 왜 자꾸 '현상학적'이라는 단어를 틀리게 쓰는지 저는 이해할 수가 없었어요. 하지만 틀렸다고 바로잡을 용기는 없었죠. 우린 점심을 먹고 있었는데요. 조사관님은 관심 없는 일일지도 모르지만, 아버지가 이렇게 말했어요. '인간에게는 언제나 세 가지가 필요할 거야. 음식, 이동 수단, 그리고 장례식이지.' 그래서 저는 장의사가 됐고, 여기서 제 업무는 종료된 노동자들과 많지는 않지만 아프거나 재-업로드된 뒤 남겨진 몸뚱이들을 제거하는 일입니다. 가능한 선택지는 화장뿐이고 유족들이 달리 갈 곳도 없기 때문에, 우리는 이곳에 맞는 소박한 장례 의식을 개발했어요. 아니, 유족이라는 말은 적당하지 않을지도 모르겠네요. 동료의 죽음을 애통해 하는지 여부는 모르겠지만 승무원 사이에 형성된 관계를 모두 배제하기도 힘들어서, 우린 존중의 뜻으로 예를 갖추어 의식을 치릅니다. 그런데 여기 조사하러 오신 내용이 그건 아니죠? 저는 거의 다른 이들의 눈에 안 띕니다. 아무도 저와 대화하고 싶어 하지 않아요. 물론 영영 죽지 않을 승무원들도 꽤 있지만, 그게 심리적으로 그들에게 어떤 영향을 미치는지까지 추측하고 싶은 마음은 없습니다. 그런 경우에도 심리라고 이야기할 수 있다면요. 혹시 그걸 조사하러 오신 건가요? 아무튼, 심리가 있거나 말거나 여전히 신경 써야 할 육체적인 부분이 있고, 그게 제 일이지요. 딱히 불쾌하거나 혐오스럽지도 않습니다. 저는 죽음에 대해 아무 생각이 없어요. 썩어 없어지는 것도 아무렇지 않고요. 영영 죽지도 않고 형태도 바뀌지 않는 거야말로 무섭습니다. 저는 인간인게 자랑스럽고, 언젠가는 죽는다는 확신을 당당하게 품고 살아갑니다. 그래서 여기 타고 있는 어떤 이들과는 거리가 있죠. 그런데 저한테 무슨 이야기를 듣고 싶으시다고요? 제가 여기 오자마자 제일 먼저 한 일이 제 사투리를 고친 거예요. 그다음으로 한 일은 소각로와 환기 체계가 제대로 돌아가는

지를 확인한 거고요. 양쪽 다 잘 돌아가고 아주 효율적이라고 보고할 수 있습니다. 안타깝게도 소각로를 쓸 일은 제가 바라는 것보다는 적어요. 솔직히 털어놓자면 우리 인간은 많지가 않거든요. 제가 왜 소각로를 좋아하는지 알고 싶다고요? 물질이 타는 냄새 때문에 그래요. 그 냄새를 맡으면 고향의 식사 시간이 생각나거든요. 고기와 흙과 피 냄새요. 제 딸이 태어났을 때의 냄새가 나죠. 지구 행성의 냄새요. 이곳에서 제가 불행하다는 게 아닙니다. 여기에서 맡은 일이 제겐 전부나 다름없어요. 제 나이 중에는 제가 제일 뛰어났기 때문에 오늘 여기에 있는 거고요. 제 아버지야 죽은 지 오래됐죠. 왜 아버지가 떠올랐나 모르겠네요. 그분은 다른 세상에 계시는데.

진술

035

여기에 오게 된 이후 줄곧 나는 사실 죽었지만 그들이 특별히 예외를 인정해 준 덕분에 시뮬레이션 안에 머무는 거라고 믿고 지냈어요. 나는 초록색 싹 하나만 빼고 모조리 말라비틀어져 버렸지만 여전히 살아있는 식물 같은 거예요. 그 싹은 내 몸과 정신이고, 내 정신은 손과 같아서 생각을 하기보다는 접촉을 하죠.

진술

038

그 방안에서 28일을 근무한 뒤에 나는 여기 있는 내가 실제로 누구인가 의문을 품기 시작했습니다. 어느 직원, 어떤 인간, 한 명의 프로그래머, 〈6000호〉의 후보생-17. 그 물체들을 두고 내가 하는 일이 비현실적으로 느껴지기 시작했습니다. 나는 아무것도 하지 않고 몇 분씩 가만히 서서 그것들을 응시했습니다. 그 물체들이 그 형태와 재료를 통하여 내게 어떤 특정한 감정들을 일깨우기 위해서만 존재한다는 듯이 말입니다. 마치 그게 그 물체들의 실제 목적이라는 듯이. 그러다가 다른 동료나 다른 생명체가 방 안에 들어와서 자기 일을 시작하거나, 식사 호출을 받으면 퍼뜩 정신이 돌아왔어요. 내 주위에 있는 이 직원들은 누구죠? 복도에 서서 당신들과의 대화를 기다리는 이들은 누구죠? 나처럼 인간인가요? 아니면 인간 형태를 한 거미인가요? 꼭 인간의 몸에서 태어나야만 인간인 건가요? 아니면 내가 점액 주머니를 빠져나온 살아 있는 인간일 수도 있을까요? 쌓인 어란 같은 것, 연못에 낳은 양서류의 알 덩어리 같은 것, 수확한 곡물이나 야생 풀밭 사이에 감춰진 끈적끈적한 알무리 같은 것을 까고 나온 인간일 수 있을까요? 세상의 중심에 내가 존재하나요? 그곳에서 내가 의미가 있나요? 아니면 난 그저 수많은 무더기에 끼어있는 말랑한 알들 중 하나일 뿐인가요? 구내식당에서 입에 구슬을 물고 혓바닥으로 굴리면서 잇새로 딱딱 소리를 내는 후보생을 봤습니다. 말해봐요, 그 후보생은 당신들 동족입니까?

진술

040

분명 댁들의 방문을 고마워하는 게 나 혼자는 아닐 거예요. 처음 일을 맡으면 으레 어찌나 바쁜지, 신경도 날카로워서 몇 주는 지나야 오락실에서 시간을 보내고, 그 물체들에 손을 한 번 얹어보고 소리를 들어보기도 하죠. 승무원은 그 후에야 방 안에서 나는 냄새를 알아차리는 경우가 많아요. 그 시점에서야 부연 푸른빛을 보고는 놀라움을 표현하는 소리도 많이 들어봤어요. 그 물체들에는 뭔가 친숙한 구석이 있어요. 그전까지 한 번도 본 적이 없는데도요. 마치 언어가 없는 기억처럼 우리 꿈속에서 나왔거나, 마음 깊이 파묻혀 있던 먼 과거 같아요. 아메바나 단세포 유기체로 살았던 기억, 아니면 코와 입이 생겨나고 생식기처럼 노출된 열린 점막만 있는 따뜻한 액체 속에 떠 있던 무게도 없는 배아 시절의 기억처럼요. 그 물체들엔 분홍색과 빨간색 패턴이 있는 것도 같아요.

조금 전에 휩싸인 모래 같기도 하고, 불모지의 쩍 갈라진 땅 같기도 하고, 닭고기 같기도 하고, 어머니가 냉장고에서 꺼내달라시던 아이스크림 상자 같기도 하고. 그럴 때면 아이스크림 덩어리를 감싼 얇은 마분지가 손에 차갑게 닿으면서 그 너머로 내용물이 녹기 시작하고 물기가 맺히기 시작했죠. 그 안에도 나오고 싶어 하는 뭔가가 있을까요? 아니면 우리가 관찰하고 있다는 사실을 알고 뭔가를 감추고 있을까요?

진술

046

인간이 아니라는 게 그렇게 끔찍한 일인가요? 그건 죽지 않는다는 뜻이잖아요? 아직까지 내가 내 인간성에 자부심을 느끼는지는 잘 모르겠어요. 승무원들이 죽더라도 그 물체들은 여전히 그 방 안에 있겠죠. 우리가 있든 없든 상관없이 말이에요. 그래서 그 물체들이 나쁘냐고 묻는 건가요? 우리가 그것들을 공감 능력도 없다고 비난하냐고요? 그 돌덩이가 그래서 슬픔을 느끼냐고요? 나한테 그런 질문을 하는 건 당신도 확신이 없어서란 거, 당신 얼굴을 보면 알아요. 감금하고 있는 어떤 대상이 '살아 있을'지도 모른다니 조직에는 위험하죠. 의문이 생기잖아요. 예를 들면, 우리가 가둬 놓은 이 물체들에게 법적인 권리가 있을까? 이것들이 만약 물체가 아닌 자아를 지닌 주체라면 우리는 살인으로 유죄인가? 그런 질문이요. 반면에 난 완전히 다른 질문에 사로잡혀 있어요. 예를 들어, 내 동료는 왜 고급

직물에 끌리는 걸까요? 우주에서도 잘 차려입고 싶은 걸까요? 아니면 그저 비분해성 물질로 몸을 꾸미고 싶은 것뿐일까요? 영속적인 뭔가를 입으면, 그러니까 영원한 생명으로 피부를 감싸면 자기도 죽음에 저항할 수 있다고 생각하는 걸까요? 인간들 사이의 죽음, 사랑하는 누군가를 잃는 그런 죽음 이야기가 아니에요. 인간이 없는 상태에서 일어나는 죽음 말이에요. 그 동료는 다이아몬드, 구슬, 가죽을 모아요. 잠들기 전까지 반짝거리는 귀금속 구슬들을 손에 가득 담고 만져요. 나는 2층 침대의 위쪽에 누워 있는데 잠들기가 힘들다 보니 알죠. 그 부분은 용서해 줬으면 좋겠네요. 수면을 취하는 게 이 우주선에서 우리의 의무인 줄은 알고 어떻게든 해보려고 하는데도 계속 잠들지 못한 채 누워있어서요. 그러다가 가끔 우연히 아래를 내려다보면 그 동료가 침대 가장자리에 팔을 걸치고 잠들어 있는데 손바닥이 살짝 열려 있고, 어둠 속에서도 그 손바닥에 잡힌 금속 구슬들이 나를 보고 반짝인단 말이에요. 별들처럼, 아니면 작은 눈동자 무리처럼요.

진술

041

고향을 생각할 때 제일 그리운 건 쇼핑이에요. 좀 바보같이 들린다는 건 아는데요. 무슨 일이 벌어지는지 이해할 수가 없을 때, 이를테면 이 직장을 얻고 출발 시간이 다가왔을 때, 나가서 이것저것 준비할 물품들을 사는 게 이게 진짜라는 걸 받아들이는 데 도움이 됐거든요. 쇼핑을 통해서 곧 닥칠 사건들을 이해했죠. 어떤 상황을 그걸 특징짓는 물품들을 통해서 이해한 거예요. 쇼핑은 나를 무감각하게 만드는 효과가 있는데, 더 이상 그런 걸 기대할 수가 없어요. 그 대신 슬픔이었음을 알게 될 생각과 감정들을 갖기 시작했죠.

진술

047

존재하려면 무엇이든 아득히 멀리까지 여행해야 해요. 이 방들이 제게 안전한 곳이 될 줄 알았어요. 저는 지구에서 잘 지내지 못했거든요. 그렇게 많은 사람들과 그렇게 가까이 사는 게 싫었어요. 긴 의자에 씌운 그 오래된 가죽을 봐요. 그런 걸 가진 건 우리뿐이에요. 그 가죽을 내놓은 짐승들은 이제 멸종했어요. 저는 어딘가에 제가 있을 안전한 곳을 찾으려고 할 때마다 그곳에서 죽음을 발견해요. 이런 이야기는 지금까지 누구에게도 안 했는데요. 위원회에서야 카메라로 다 볼 테니까 새롭지 않겠지만, 나머지 승무원들에게는 제가 감추거든요. 어쨌든, 저는 몰래 그 방 안에 있는 물체들에게 다가가요. 그 옆에 가까이 누워 팔을 두르고, 오렌지색 바닥에 그리고 분홍색으로 반짝이는 대리석에 뺨을 붙여요. 저도 그들 중 하나가 되고 싶어요. 조금 덜 외롭고 조금 덜 인간이었으면 좋겠어요. 저는 제 보호자를 기억해요. 빨갛게 칠한 나무 구슬을 입 안에 집어넣던 느낌을 기억하듯이요. 제 보호자를 사랑했어요. 저는 이제 아무 생각 없이 그냥 모두를 떠나 그 구슬처럼 되고 싶어요. 이 알들 옆에 앉아서 그들의 일원이 되고 싶어요.

진술

042

여기에서 내가 맡은 일은 주로 행정이라고 할 수 있죠. 네, 맞아요. 나는 그날의 업무를 배분해요. 인간 승무원들이 향수에 무너져서 긴장증에 빠지지 않게끔 하는 것도 내 소관이에요. 초반에는 그런 일을 많이 봤어요. 놀랍게도 그 방에 있는 물체들은 이렇게 기습적으로 찾아오는 향수병을 완화했고, 그로인해 직무상 〈새로운 발견〉 행성의 계곡으로 나가야 했던 인간 직원들은 빠르게 호전되고 기운을 차렸어요. 내가 제일 좋아하는 물체는 짙은 노란색 홈이 이리저리 파여 있는 커다란 녀석이에요. 태양빛이 내리쬐면 그 홈들이 반짝이면서 송진 비슷한 물체가 스며나와요. 녀석들을 보관해두는 방에는 창문이 없으니까, 우린 가끔 이 물체를 위쪽 파노라마실에 가져다놔요. 〈새로운 발견〉 주위를 도는 우리 궤도가 제대로만 맞으면, 태양이 파노라마실을 바로 비춰서 따뜻하게 일렁이는 빛이 마치 반짝이는 물처럼 방 안에 가득 차거든요. 그러면 방 한가운데에 놓아둔 거대한 녀석도 빛을 발하죠. 모든 홈에서 향기로운 액체가 흘러나오고요. 그럴 때 방 안에 있는 사람은 누구나 말로 표현할 수 없는 행복감에 빠져요. 그러다가 우주선이 이동해서 태양의 빛에서 벗어나면 그 물체는 지친 듯이 한숨을 내쉬어요. 우린 젖은 천으로 녀석을 깨끗하게 닦아주고 다시 방으로 들고가죠. 우리 품 안에서도 녀석은 지쳐 보여요. 난 그 때 쓴 천을 승무원들에게 가져가도 좋다고 했어요. 다들 잘 때 그 천을 얼굴에 올려놓기를 좋아하거든요. 저도 똑같이 덮어쓰고 자는데 도움이 되더군요. 어떻게 도움이 되는 지는 설명을 못하겠지만요.

진술

052

전 후보생-08과 밀접하게 일하면서 08을 아주 잘 알게 되었습니다. 저와는 달리 08은 인간의 몸에서 태어났고 행성 위를 걸었으며, 저와 대화를 할 때면 거의 언제나 지구가 그립다고 말합니다. 그 사실을 자랑스러워하지는 않습니다. 08은 훌륭한 직원이 되고 싶어 하니까요. 제가 보장합니다. 08이 지구에 대한 갈망을 느낀다면, 저는 인간이 되고픈 갈망을 느낍니다. 마치 제가 예전에는 인간이었다가 그 능력을 잃은 것처럼요. 저는 인간형일 뿐이고 똑같지 않다는 것도 압니다. 하지만 저는 인간처럼 보이고, 인간과 같은 방식으로 느낍니다. 인간과 같은 성분들로 이루어져 있습니다. 어쩌면 가지고 계신 서류에서 제 신분만 바꾸면 될지도 모르지요. 그건 '이름'의 문제일까요? 당신이 저를 인간이라고 부른다면 저는 인간이 될까요?

진술

055

제 이름은 재니스 그리고 소니아입니다. 저는 하나가 아니라 둘입니다. 우리는 은회색 머리카락을 아주 자랑스럽게 생각하지요. 우리는 이 우주선에서 제일 나이가 많아요. 어린아이였을 때부터 우린 알았죠. 자연에는 파괴하려 하는 힘이 있다는 것을요. 당신들이 준 이런 사진들을 볼 때면, 때로 코가 심하게 간질거려서 피가 날 때까지 코를 풀고 또 문지르게 되는데요. 오랫동안 그 원인을 분석하려고 노력한 결과, 인간이 만든 물건들과 질감에는 문제가 없는 반면에 반복성 유기 구조는 참기 힘들다는 결론에 도달했어요. 이런 구조를 마주하면 우린 무력해져요. 파괴되지 않고 계속 재생될 테니까요.

진술

049

너희는 나를 두고 이건 인간이 아니라 일을 같이하는 동료라고 말해. 내가 울기 시작했더니 또 말했지. 나는 울 수 없다고. 나는 울도록 프로그램되지 않았고, 분명히 업데이트 에러일 거라고. 너희는 말했어. 내가 인간 동료에게 두려움을 줬다고. 너희가 나를 오냐오냐했다고. 그게 나에게 좋지 않았다고. 내가 감당할 수 없는 경험을 했고, 애완동물이 되어버린 거라고. 너희는 말했어. 모든 직원은 동등한 게 중요하다고, 이 범주보다 저 범주를 선호해선 안 된다고. 분류는 그대로 유지되어야 하며, 따로 분리되어 있어야 한다고. 내가 이 제복을 입고, 두피에 이런 부드러운 털을 붙이고, 훌륭하다는 소리를 듣는 이 동그란 뺨과 근육질의 두 팔을 가져야 한다는 건 누가 결정한 거야? 나는 일을 충분히 잘 하지 않나? 이해가 안 가. 나는 한 번에 14시간씩 자율 생체휘장 앞에 서 있어. 너희는 이제 나에게 인간 동료와 함께 일하는 시간을 덜 배정할 거라고, 내가 내 동족과 머물렀으면 좋겠다고 말하지. 내게 일어난 고장을 고치겠다는 거야? 나를 어떻게 할지 결정이 내려질 때까지 너희는 내게 여기 있으라고 말해. 너희는 나를 정지시키려고 했는데 무슨 이유에서인지 계속 자가 작동을 한다고, 내 세대에는 그런 일이 일어나면 안 된다고 말해. 나는 너희에게 봉사하기 위해 여기 있어. 내가 원하는 건 인간들 가까이에 사는 것뿐이야. 내가 원하는 건 인간들 가까이에 앉아서 고개를 흔드는 것뿐이야. 그들 냄새에 감싸일 수 있도록.

진술

057

인간과 인간형이 있어요. 태어난 이들과 만들어진 이들이 있어요. 죽을 이들과 죽지 않을 이들. 쇠락할 이들과 쇠락하지 않을 이들. 제페라고, 5등 항해사가 있는데요. 보기에도 참 좋은 친구이고, 저도 좋아하지요. 제페는 인간형 직원이에요, 맞아요. 하지만 인간 같은 냄새가 나고, 인간처럼 웃어요. 그게 뭐가 중요하겠어요? 신경 안 써요. 저는 엔진실에서 일해요. 우주선 바닥에서요. 지금은 여기, 조사실에 앉아서 당신과 이야기하고 있지만요. 저는 어떤 승무원보다 이 우주선을 잘 알아요. 엔진 기술자다 보니 꽤 돌아다니면서 일하거든요. 제가 주로 있는 곳은 지금 우리 바로 아래쪽에 있는 엔진실과 선창이에요. 복도를 더 걸어가면 세탁실, 생체휘장, 그리고 화장터가 나와요. 그 문 너머에는 간이 식당, 목욕탕, 그다음에 그 물체들이 있는 두 개의 방이 있죠. 왼쪽에는 수면동 두 개와 행정동 하나, 그리고 저에겐 접근 권한이 없어서 용도를 모르는 동이 하나 있어요. 오른쪽에는 다시 수면동 두 개, 출구, 그리고 승무원들 사이에 '정화실'이라고도 알려진 회복실이 있죠. 그 방을 '알상자'라고 부르는 것도 들었는데, 또 뭐가 있더라? 아, 다른 별명도 듣고 싶어요? 흠, '교정실'과 '바닐라 포드', '미치광이 달래기', 그리고 '업데이트가 필요합니다'도 있네요. 누가 멍청한 짓을 하면 업데이트가 필요하다고, 그렇게 말하잖아요. 그래서 그래요. '꿈이 없는 방'이라고도 하고, '스킨닥터'. 이건 제가 설명하기 힘들군요. 보통은 '스킨닥터 보러 가는 거야?' 이런 식으로 말해요. 지난번에는 제 인간형 동료가 '난 인터페이스가 싫어'라고 하자, 제페는 '그만 해, 인터페이스는 괜찮아'라고 했어요. 거기서 더 가면 조종석이 있고, 그 위에는 별들을 볼 수 있는 파노라마실이 있죠. 운 좋게 궤도가 딱 맞을 때, 아니면 정기적인 도킹을 위해 〈새로운 발견〉을 향해 하강하려고 할 때, 그게 열흘이나 그쯤에 한 번씩일 텐데 아무튼 그럴 때면 파노라마실에서 우리가 그 물체들을 찾아냈던 계곡을 선명하게 볼 수 있어요. 믿기 힘들 정도로 멋진 풍경이니 가끔 와서 보세요. 인간이나 인간형이나 우리는 모두, 물론 업무 시간이 허락한다면, 거기 우르르 모여서 그 계곡을 보며 행복해해요. 매번 똑같이요. 우리가 알던 고향의 모습과 정말 비슷해 보이거든요. 그러면 저는 제페에게 마치 내 과거가 저 아래에 있는 것 같다고 말하죠. 하하! 좋은 친구 제페도, 다른 모두도, 거기에 함께 서서 계곡을 내려다보는 데에는 인간인지 인간형인지가 중요하지 않아요. 분류 같은 건 더 이상 존재하지 않죠. 적어도 같이 서서 그 계곡을 내려다볼 때는 적용되지 않아요.

진술

048

후보생-12는 검은 가죽 술이 얼굴 위로 늘어지는 모자를 쓰는데요. 그게 벌칙인지 영예로운 의미인지는 아무도 몰라요.

진술

053

제 몸은 당신과 다릅니다.

진술

054

그 사고로 부속장치를 잃은 후에 사방에서 그게 보이기 시작했어. 마치 날 따라다니는 것처럼. 그건 내 옷을 잡아당기는데, 가끔은 그걸 집어 들어 껴안고 입 맞춰야 하나 싶기도 해. 또 어떤 때는 벤치 사이에서 나타나는데, 반쯤은 디지털 동물 같고 반쯤은 어린아이 홀로그램 같은 모습이야. 생물학적인 자식을 잃은 승무원들에게 배정되는 것과 비슷한 모습. 그러면 난 공포에 질려서 거기다 대고 소리를 지르고 펄쩍 뛰면서 그 장치의 얼굴을 때려서 쫓으려고 할지도 몰라. 나 말고는 아무도 그걸 못 보는데. 어떤 약물치료든 제안해 주면 좋겠군.

진술

056

업무에 가장 큰 변화를 가져다준 것은 확실히 08동을 소등하기 전까지 아들의 홀로그램과 의무적으로 함께 하는 30분씩의 시간이에요. 아이가 공작 점토를 가지고 노는 모습을 보기도 하고, 가끔은 그냥 아이가 자는 모습을 지켜보는 것도 좋아해요. 어떨 때는 아이가 울게 놓아두었다가, 다시 내 몸을 감싸 안으면서 아들을 안고 달래는 척 하기도 하죠. 당신들 예측대로 처음에는 아이 홀로그램을 쳐다보는 것조차도 힘이 들었고 아들이 전보다 더 보고 싶어지기만 했어요. 하지만 시간이 어느 정도 지난 지금은 편해졌다고, 그 아이 홀로그램이 분명히 여기 직원으로서의 나를 안정시키는 데 도움이 됐다고 말할 수 있겠네요. 작업 활동을 하는데도 유익했던 것 같고요.

진술

061

매일 작업복에 찢어지거나 구멍 난 데가 없는지, 뜯어지려는 솔기나 빠져버린 징은 없는지 확인합니다. 작업복은 그냥 옷이 아니라 캡슐이기도 합니다. 입은 사람을 보호할 뿐만 아니라, 입은 사람의 친밀한 영역에 들어오는 다른 동료도 보호하지요. 저는 기존 작업복들의 소모 정도를 점검한 후에, 다음 작업복 제작을 시작합니다.

진술

054

당신들한테는 말하기가 쉽네. 내가 무슨 말을 하든 다 맞는 말 같은 느낌이야. 내가 말하면 당신이 받아 적어. 당신은 나에게 미소를 지어. 당신들은 하나같이 참 보기가 좋게 생겼어. 당신은 뭔가를 받아적으면서 내 그림을 그리는 것 같기도 해. 생체휘장은 끈적거려. 세 번째와 여섯 번째 휘장은 축축하고, 첫 번째와 네 번째는 푸른빛이 돌고, 10번부터 14번까지는 다 같은 색깔인데 우주선의 주기에 따라서 변해. 두 번째와 아홉 번째 생체휘장은 붉은색이고, 바람이 뚫고 지나가지. 어떤 날에는 막이 부드럽게 흔들리고, 다른 날에는 미친 듯이 펄럭거려. 내가 이해한 바로는 이런 바람의 변동은 우주선의 주기도 아니고 다른 어떤 논리도 따르지 않아. 적어도 지금까지 우리가 아는 논리체계 내에서는 그래. 다섯 번째 생체휘장은 은빛이야. 그런데 진짜 그 은색이 아니라 마치 투명

한, 반짝이는 시폰 같아. 물론 진짜 시폰은 아니고 생물 조직이지. 이 다섯 번째 생체휘장은 확실히 그중에서 제일 상냥해. 반면에 바로 옆에 있는 여섯 번째는 어떤 성격을 드러낸다고 할 수 없는데도 노동자들이 제일 건드리지 않는 녀석이야. 가장 짙은 어둠으로 만든 것처럼 보이는 데다가 물질성도 별로 없거든. 여덟 번째 생체휘장은 우리에게 친숙할 수 있는 뭔가를 제일 닮았어. 성질과 모양 심지어 냄새까지도 초콜릿 색 코듀로이와 똑같은 유쾌하면서도 어딘지 모르게 사색적인 생체휘장이야. 우린 그걸 '할아버지 커튼'이라고 불러. 우리 부서에는 아무도 할아버지가 있었던 노동자가 없지만, 그래도 개념은 알고 있거든. 이해하기 어려운 개념은 아니니까.

진술

062

후보생-04가 우주선을 떠난 지금 전 기분이 매우 저조합니다. 이런 말을 듣고 싶나요? 제가 의기소침해서 돌아다니고 종이에 대고 울어댄다는 이야기? 이런 감정들이 그 방과 무슨 관계가 있을까요? 그 새로운 물체 말이에요. 그걸 키가 큰 나무들 너머 어딘가에서 찾아냈나 보던데요. 저는 그 물체에 완전히 사로잡혀 있습니다. 제가 그 물체 중 하나에 애착을 느낀 건 처음인데, 승무원들에게 그런 일이 벌어진다는 수군거림을 듣긴 했지요. 그래서 여기 오신 겁니까? 후보생-04가 전근을 간 바로 그날에 이 물체가 도착해서 그렇다고 생각하세요? 그 물체 표면에는 아직 습기가 남아있을 때 잉크가 얼룩진 것 같은 패턴이 있습니다. 돌 색깔은 모랫빛인데, 그 위로 점점 옅어지는 검은색 잎맥 같은 게 있죠. 갓 인쇄한 신문지를 빗속에 버려둔 느낌이에요. 그걸 어떻게 묘사할 수 있을까요? 보신 적 있습니까? 돌이 만들어지던 도중에 누군가 글을 썼는데, 서서히 굳어지고 자리를 잡는 과정에서 그 말은 사라지고, 대신 반짝이는 돌에 패턴만 남아서 그림자 언어가 되어버린 그런 느낌이에요. 제게도 진작에 해야 했고 지금은 삭제되어 버린 말들, 더 이상 저도 그 의미를 알 수 없게 된 말들이 찍혀 있어요. 제 얼굴에는 후보생-04가 저를 알고 제 목소리를 알게 할 운명이었던, 이제는 지워진 말들이 담겨 있어요.

진술

057

그 물체 중에서 작은 개 크기만 한 그것은 다른 세상에서 온 구더기처럼 반짝거리지만, 동시에 내가 어렸을 때 사슬에 달아 목에 걸고 다니며 입에 넣고 빨던 부적과 비슷하게 생겼어요. 방 안에 있는 그 물체를 볼 때마다 예전과 똑같이 입에 집어넣고 싶은 충동을 느끼지만, 커도 너무 크다 보니 그럴 수야 없죠. 그래도 난 입을 통해서 그것과 접촉하고 싶고, 입으로 그걸 이해하고 싶어요. 그 물체를 사랑하는 건 뭐랄까 신체에서 떨어져 나온 신체 부위를 사랑하는 것과 비슷해요. 잘린 건 아니고 그냥 분리되어 살아있는 장식 같은 부분이요. 내 안에서 그 물체는 박새의 알처럼 작으면서도 그 방만큼 크거나 더 크고 심지어 박물관 건물 아니면 기념비만큼이나 커지기도 해요. 그건 안전하고 쾌적한, 하지만 그 안에는 재연된 재앙이 담겨있는 어떤 그릇이에요.

진술

063

그 친구야 아주 훌륭한 승무원인 데다가 칭찬해도 좋을 만큼 자기 의무에 충실했지. 나는 집이 한 채 있었는데 〈1월-01〉이라고 예전에는 네스트베드라고 불렀던 도시 외곽에 있었어. 처음엔, 그러니까 그들이 널리 퍼지기 전에 많은 수가 탈출해서 숲속에 숨었을 때, 그때 몇 명이 이런저런 일로 나에게 도움을 청하러 왔었어. 그러면서 내 집에서 잠깐씩 같이 지내고 그랬거든. 이제는 인정한다고 겁날 것도 없어요. 당시에는 처벌이 따를 수도 있는 범죄이긴 했는데, 지금은 댁들도 내가 그저 그들에게 세상에 낄 자리를 마련해 주려고 했을 뿐이었단 걸 알 테니까. 그래야 생산적인 사회 구성원이 될 수 있잖아. 그들에게 그런 소질이 없지 않다는 건 당신들도 알았을 거고. 1세대는 좀 더 거칠었고. 뭐라고 해야 하나, 감정을 통제하기 더 힘들어하긴 했던 것 같지만. 아주 재미있었어요.

비유하자면 비번일 때의 병사 같다고나 할까. 매력적이고, 머리카락은 반짝거리고 말이지. 게다가 유머 감각은 어찌나 그리 특이하던지. 도대체 어떻게 그런 걸 프로그램했나 몰라? 아니 프로그램한 게 아닌가? 그런 걸 결정하는 무작위의 성질이 내장되어 있나? 그 대단한 통찰과 지식이 있는 당신이라면, 우리가 그들을 사랑할 수 있다고 보시나? 만약 그렇다고 본다면, 인간을 사랑하듯이? 아니면 애완견처럼일까?

진술

058

집 앞으로 새들이 전깃줄에 앉아 있었어요. 그 뒤로는 장밋빛 하늘이, 아래로는 젖은 도로가 있었었고, 분홍빛 구름이 그 도로에서 솟아올라 제게 말을 걸었어요. 안개 낀 날씨였고 전구의 불빛이 아지랑이 속에서 일렬로 깜박거렸죠. 하늘은 철탑 위로 호선을 그렸고 풍경은 평평하게 사방으로 뻗어 나갔어요. 풀잎마다 습기가 맺혀 있었어요. 지금 저는 〈6000호〉의 작고 밀폐된 공간 안에 살아요. 비좁은 공간이죠. 제 동료의 뺨을 만져보면 가느다란 잔털이 복숭아처럼 뒤덮여 있어요. 제 인간형 친구. 우리는 방에서 방으로 오가며 이런저런 이야기를 해요. 우리는 작업복을 입고 활동하죠. 여기를 벗어나고 싶기는 해도 서로에게서는 벗어나고 싶지는 않으니, 우리에게는 이곳이 유일한 선택지예요. 저는 늘 했던 대로, 하지만 향수 같은 것을 느끼며, 동시에 그녀 덕분에 전에는 몰랐던 즐거

움마저 안고서 맡은 일을 수행해요. 저는 향수병과 즐거움이라는 새로운 조합 안에서 이 두 감정의 동반자가 되어서 살아가요. 이곳에서도 이제는 몇 번인가 분홍빛 구름을 보았어요. 제일 큰 방에서 수증기 같은 붉은 기운이 저절로 피어오르더니 제게 말해요. '〈1월-01〉의 연구소에서 룬드 씨가 절 만들었어요. 룬드 씨는 저에게 노래하는 방법을 가르쳤죠. 노래해 드릴까요?' 제가 '그래' 하고 대답하면, 그 구름은 아주 찬찬히 결코 본 적도 없을 들판에 흩날리는 눈을 노래해요. 그 노래를 들으면 간절히 집에 가고 싶어 하던 룬드 씨를 보는 것 같아요. 저는 그 뒤에 서서, 우리 집 앞 도로에 서서, 밝아오는 어느 겨울의 아침에 전깃줄에 앉아 있는 새들을 보고 있어요. 그리고 울어요.

진술

064

예, 맞아요. 후보생-04는 인간형이었어요. 그러니까 만들어진 거죠. 하지만 나보고 지구 출신이라고 하는 당신 말의 의미는 내가 '태어났다'는 거잖아요. 그렇긴 한데, 후보생-04도 지구에서 왔다고 할 수 있죠. 지구에서 만들어졌으니까요. 당신이 나보고 '순수한 육체'라고 할 때는 내게 기술적인 구성품이 없다는 뜻이죠. 하지만 내가 단 부속장치는요? 밤이 되면 우리는 침대에 누워서 내 계산내용에 대해서 이야기 했어요. 그 친구는 우주선 생활을 편하게 해주는 데 타고난 재주가 있었어요. 그 친구가 아주 인기 좋은 승무원이었다는 건 그쪽도 알죠? 그 친구 뺨과 턱에는 아른거리는 턱수염 자국이 있었어요. 몸도 나와 똑같이 따뜻했고요. 무슨 이유에선지 목에는 초록색 스카프를 두르고 다녔어요. 그게 상당히 튀었죠. 어느 날 아침 우리가 깨어났을 때, '정말 조용하네' 하고 내가 말했어요. 그랬더니 그 친구가 '그렇네요. 프로그램만 빼면요'라고 했죠. 하지만 난 그 소리를 들을 수 없었어요. 어떻게 그 친구가 살아있지 않았다고 할 수 있어요? 당신이 뭐라든 상관없어요. 나를 업데이트할 순 없어요.

진술

067

누가 우리를 기억하기나 할까요? 태어난 적도 없으면서 살았던 존재를 기억할까요? 꿈속에서 저는 생체휘장 주위를 춤추며 돌아다니는 해골입니다. 저는 입을 열고 거울 속에 비친 제 모습을, 제 해골 턱을 보고 웃어댑니다. 훌륭한 직원이 되고 싶습니다. 훌륭한 선택을 하고 싶습니다. 하지만 프로그램을 정확하게 따르고 있는지 여부를 제가 어떻게 알겠습니까? 어떤 행위의 결과는 가늠하기 힘들 정도로 까마득한 시간이 흐르기 전까지는 드러나지 않습니다. 제가 일을 수행할 때 그게 프로그램의 목표에 반할 잠재성이 있다는 사실을 알도록 되어 있습니까? 아니면 프로그램에 워낙 잘 스며들어서 어떻게 해도 그에 맞게 행동하게 되어 있습니까? 저는 그저 프로그램의 손인가요? 그렇더라도 우리 모두 알다시피 업데이트 에러는 발생합니다. 그게 프로그램에 이익이 될 리가 없는

데도 말이죠. 만약 저도 모르게 프로그램을 무력화하는 행동을 한다면 저는 저 자신을 미워하겠지요. 하지만 제 행동이 프로그램에 반하는지를 매 순간 알 방법은 없으니, 제가 스스로를 미워하게 될지 아닐지를 어떻게 알겠습니까? 상관없이 미워해야 합니까? 어떤 행동이 프로그램의 의도에 어긋나는지에 대한 개요는 어디에서 얻을 수 있을까요? 용서는 누구에게 구해야 합니까? 신청 절차는 있습니까? 제 어떤 행동이 용서를 필요로 하는지에 대한 자료를 요청하고 싶습니다. 제 생각에도 적용될까요? 많이 부정적인 생각이라면요? 예를 들어, 제가 당신에 대해 무오류의 존재가 아닐뿐더러 오히려 실수가 잦다고 생각할 수도 있지요. 그러다 보면 나 자신에게 화가 나고, 어딘가 잘못된 건 분명히 나라고 스스로 말하게 됩니다. 제 주요 업무가 기술 쪽인데도 왜 이런 온갖 생각을 하는 걸까요? 제가 여기에 있는 이유가 무엇보다 생산 증진을 위해서라면 왜 이런 생각을 하게 될까요? 어떤 관점에서는 이런 생각들이 생산적이라서? 업데이트에 에

러가 있었나요? 그런 거라면 저는 리부팅 하고 싶습니다.

진술

OGG

개인적으로는 여러분이 만든 번호 체계가 적절하다고 생각합니다만, 승무원들은 그 물체들에 수많은 비공식 별명을 붙이고 있으며, 그중 일부는 다른 것들보다 좀 더 부적절하다는 사실을 알려드리고 싶군요. 예를 몇 개 들자면, '뒤집힌 딜도', '선물', '개', '헐벗은 콩'이 있습니다. 어떤 물체에는 심지어 '레이철', '베니', '아이다' 같은 인간의 이름도 붙었습니다. 제가 보기에 이런 특이한 이름 붙이기는 승무원들에게 그 물체와의 거리감을 줄이고 일종의 친밀감을 확립하면서 자기만의 방식으로 이 물체들을 소유하려는 욕구가 생겼다는 점을 암시합니다. 제 가설상 이런 이름들은 대상을 무해해 보이게 하고, 대상의 이질성을 감소시키며, 개별 승무원이 관계를 맺고 받아들일 수 있는 현실로 대상을 동화시켜서, 결국에는 발견된 그 물체들과의 공존을 도울 것입니다.

진술

068

내가 왜 좋아하지도 않는 상대와 일을 해야 하죠? 그들과 잘 어울려봐야 뭐 좋을 게 있다고? 당신들은 왜 그들을 그렇게 인간처럼 보이게 만든 건가요? 가끔은 우리와 다르다는 걸 잊을 정도예요. 식당 줄에 서 있다 보면 내가 후보생-14에게 애정 같은 게 있다는 사실을 갑자기 깨달을지도 모르죠. 14는 빨간 머리거든요. 어쩌면 일부러 그렇게 개발했는지도 모르겠네요. 우리가 그들 몸에, 이렇게 말해도 된다면 그 존재에 공감하면서 더 편하게 같이 일할 수 있도록이요. 그래요. 그런데 이제 뭐라고요, 내 임무를 변경하고 싶다고요? 그러니까 후보생-14가 알아차리지 못하게 우주선 안에서의 활동을 살펴보라는 건가요? 우리가 같은 침실을 써서요? 14가 당신에게 말을 하지 않아서요? 아무래도 썩 내키는 이야기는 아니네요. 지금 나보고 하라는 거, 감시와 똑같은 거잖아요? 14를 좋아하진 않지만, 그래도 난 늘 14를 생각해요. 그런 면에서 내가 적임자이긴 하겠네요. 난 14를, 14의 있는 그대로를 이해하려고 노력해요. 14는 그냥 프로그램의 구현이 아니에요. 그 이상이 있어요. 그런 걸 듣고 싶어요? 보고서로요? 14가 다른 인간형 누군가에게 말을 하는지, 그리고 다른 인간형은 14에게 무슨 말을 하는지? 좋아요, 내가 지켜볼게요. 14를 어떻게 설명할까요? 후보생-14는 인간형, 5세대, 여성형이고 인기 있는 직원이에요. 맡은 일을 나무랄 데 없이 하죠. 5세대가 대부분 그렇지만 좀 유순하고 고분고분한 편이고요. 자기 코에 있는 주근깨를 좋아해요. 잠들기 전에 침실 거울로 자기 모습을 비추고 주근깨를 만지면서 이러죠. '얼마나 인간적이에요. 나에게 주근깨를 주다니. 나같은 존재가 뭘 더 바라겠어요?' 그래요. 아무래도 나는 14를 사랑하나 봐요. 물론 그 부분은 털어내야겠죠. 아니에요, 14를 다른 침실로 옮길 필요는 없어요. 이미 말했잖아요, 지켜보겠다니까요. 그런 거 아니에요? 나한테 원하는 게 그거 아닌가요? 완전히 솔직하게 말하자면, 그러니까 그런 말을 듣고 싶은 거라면요, 나는 14가 나보다 훨씬 훌륭한 노동자라고 말할 수 있어요. 우리 모두 그게 사실이라는 걸 알죠. 내가 가진 거라고는 잃어버린 지구에 대한 몇 가지 기억 말고 또 뭐가 있겠어요? 나는 과거 속에서 살아요. 내가 이 우주선에서 뭘 하는지도 모르겠어요. 맡은 일은 철저히 무관심하게 아니 가끔은 경멸까지 하면서 수행해요. 조사관님을 도발하려고 하는 말이 아니에요. 그보다는 도와달라는 비명에 가깝죠. 나는 평생 여기에서 벗어나지 못한다는 걸 알아요. 후보생-14에겐 수명이 없달까, 어쨌든 내 이해를 넘어서는 어마어마한 시간을 살 테죠. 아직 그 앞에 미래가 있어요. 그러니까 이제 내가 할 일이 바뀌었다는 말이죠. 이제부턴 14를 감시하면 된다는 거죠. 이 결정이 내 목숨을 구했을지도 모르겠네요.

진술

069

나를 따라오는 건 어떤 빛이죠? 다른 방으로 가려고 복도를 통과할 때, 생체휘장을 닦으려고 할 때, 08동으로 잠을 자러 갈 때 따라오는 그 빛 말이에요. 햇빛은 어떻게 생겼나요? 나는 인간인가요, 인간형인가요? 그동안 나는 태어나는 꿈을 꾼 걸까요?

진술

071

최근에 제가 조직에 충실하지 못한 기분이 들어서 고통스럽습니다. 제게는 조직 안이 아니면 있을 곳이 없으니까요. 여기 〈6000호〉 안 말입니다. 제가 작업의 흐름을 따르고 조직의 가치에 충실하기만 하면 저에게 어떤 해도 끼칠 생각이 없으시다는 걸 압니다. 아니요, 저는 불충한 비난으로 해석될 수도 있는 내용을 말하고 싶지는 않습니다. 그래서 오늘 조사관님을 찾아온 겁니다. 혹시 주어진 책임이 덜한 다른 자리는 없을까 해서요. 전체 작업의 흐름에 지금과 같은 정도로 관여할 필요가 없는 그런 자리에 배정받고 싶습니다. 물론 그 경우에는 제가 할당받은 능력을 온전히 이용하지는 못하겠지만, 제가 느끼는 고통도 고통이지 않습니까? 감히 말하는데 이 고통은 제 작업의 질에 영향을 미칠 뿐만 아니라, 나아가서는 제 동료들의 작업에 부정적인 영향을 미칠 수도 있습니다. 그렇군요. 알겠습니다. 그러니까 이제부터 저는 말을 하지 못하게 된다고요? 아니, 이해합니다. 동의합니다. 그럼, 언제……

진술

073

그 방들 내부가 어떻게 생겼냐고요? 그 물체가 열아홉 개 있습니다. 몇 개는 모여 있고, 몇 개는 따로 있습니다. 제가 가져온 물체 중에서 아직 여기 남아있는 것은 없습니다. 업데이트 후로 제가 전과 같지 않네요. 그 물체들이 생경하게 느껴집니다. 그 속에 깃들어있던 무한함이 이제는 그저 평범하게 느껴집니다. 하지만 조사관님은 다 아시겠지요.

진술

077

저는 아주 작은 뭔가를 보면 입에 넣고 싶은 충동을 느껴요. 제 입을 지갑처럼 쓰고 싶어져요. 우주선이 출발하기 전에 룬드 박사님을 만났는데요. 고용 기간이 시작되면 바로 일을 할 수 있게 여기저기 안내해 주셨죠. 그때 창문 너머로 인간형 직원의 프로토타입 하나가 우리 쪽에 등을 지고 가만히 서 있었어요. 그 몸체에서 움직이는 거라고는 계속해서 비비고 있던 두 손가락뿐이었죠. '긴장증 같군.' 룬드 박사님은 그렇게 말했어요. 룬드 박사님은 우아하게 옷을 입는데 사실 멋쟁이라고 할 수 있었죠. 그분이 보기에 저는 어디에 속하는지 알 수 없었어요. 제가 인간인지 아니면 움직이는 무언가에 불과할지를요. 저는 태어나서 양육을 받았고 제 서류는 모두 제가 인간이라고 하는데도, 박사님의 행동을 보면 저를 동등하게 여기지 않는다는 생각이 들었어요. 그리고 짧지만 무시무

시한 몇 초 동안, 제가 인공이며 만들어졌고 피와 살로 이루어진 인간형 기계에 불과하다는 느낌이 들었죠. 제작자를 비추는 화면처럼 만들어져서 작동하고 있는 그런 느낌이요.

진술

081

우리 모두가 다 〈6000호〉의 승객이에요. 〈6000호〉에 살아 있죠. 이곳의 나날에 쉽게 동화되어 가고, 누구에든 무엇에든 낯설어하는 법이 없는 이들이 있어요. 그들은 당연하다는 듯이 영양분을 섭취하고, 지체 없이 새 업데이트를 설치하고, 거침없이 활강하듯이 일에 임해요. 우주선은 그들을 위해 존재하고, 그들도 우주선을 위해 존재하죠. 저든, 아니면 식별할 만한 지식이 전 없지만 당신이라면 알지도 모를 그 누구든, 외형상으로는 문제를 일으킬만한 어떤 요소도 드러나지 않을 겁니다. 제가 주변의 관계를 소원하게 만드는 것 같은데 그럴 의도는 없어요. 제가 무척 서툴다는 걸 압니다. 직무에서든 직무 밖에서든 제 경우엔 모든 것에 시간과 노력이 들어요. 여기에선 제게 자연스러운 것이 하나도 없고, 모든 것이 거대한 질문처럼 느껴지는 데다가, 모든 얼굴이 공백이에요. 하지만 저는 늘 그랬는지도 모르죠. 승선하기 전부터요. 기억은 안 나요. 우리는 모두 이 우주선에 운명을 걸었어요. 대부분 같은 운명이죠. 우리 중 일부는 소멸하겠지만, 나머지는 재생하겠죠.

진술

075

그건 내게 아무런 의미도 없어요. 아니요. 아니에요, 난 몰랐어요. 거기에 대해서는 아무것도 할 말이 없어요. 그거 말고 무슨 말을 하죠? 나는 주로 작업을 시작하기 전의 순간들을 생각해요. 어떤 날엔 아주 옅은 구름이 모이는 풍경을 생각하죠. 다른 날엔 나무 한 그루에 우르르 모인 무당벌레 떼, 젖은 그릇 한쪽에 붙은 쌀알, 어린아이가 흩어놓은 건포도, 씨앗도 맺지 못하고 홀로 시들어버린 정원의 꽃 한 송이, 그런 것들이요. 우린 새 마루를 깔고 있었는데, 낡은 마루널을 들어 올리면 하얀 곰팡이가 뭉게뭉게 피어올랐어요. 우리가 모르는 사이에 발밑에서 자라고 있었던 거죠. 어둠 속에서 자라난 거예요. 제거해도 계속 다시 생겼죠. 지금 내가 생각하는 건 그거예요. 그거랑 만물이 살아나는 5월의 빛이요. 그 빛은 가능성이 함께하는 빛이었고, 그건 어린아이의 가능성이었죠. 소집을 받기 두 달 전에 나는 그 아이를 잃었어요. 만약 임신이 끝까지 유지가 되어서 출산을 했다면 내 인생이 어땠을까 가끔 생각해요. 하늘 한 자락도 보이지 않는 이곳에 내가 있다는 게 여전히 이해가 안 되네요. 소집 통보 이후 줄곧 이 상황을 이해해 보려고 했거든요. 나는 조직에 가치 있는 직원이었어요. 내가 알아요. 제일 위험한 항로 몇 군데를 날았던 경험이 있죠. 하지만 그때와 같은 느낌은 아니에요. 이걸 '조종'이라고 생각하게 되진 않네요. 여기에서 우리는 하늘 아래를 나는 게 아니라, 잠들어 있는 무한의 공간을 통과하잖아요.

진술

076

복도에서 그 방 안을 들여다볼 수 있었어요. 빈 의자가 여덟 개 아니면 열 개쯤 원형을 그리며 놓여 있고, 그 사이 바닥에는 휴지 세 통과 알이 하나 놓여 있었죠. 가끔 그 물체들 사이에 알이 나타나거든요. 내 인간형 동료는 이렇게 말했어요. '입술에서 맥박이 뛰는 듯한 느낌이 나요.' 그래서 내가 말했죠. '나야 멈출 때까지 맥박이 뛰겠지만, 너는 스위치로 켜고 끄는 거잖아.' 그랬더니 동료가 말하더군요. '제가 꺼졌을 때 제 안에서 아무 일도 일어나지 않는다는 걸 어떻게 확신해요? 꺼진다는 건 저와 같은 부류의 죽음에 해당하도록 당신들이 발명해 낸 개념이죠. 의식이 없는 상태 말이에요. 하지만 꺼져 있을 때 저는 생체휘장 사이를 걷는다고 생각해요. 아니 심지어 그렇다고 기억해요. 창문이 줄줄이 나 있는 끝없는 복도를 걷기도 하는데, 창문마다 앞에 달린 생체휘장이 기분 좋게 펄럭이면서 절 맞이해요. 제 발소리가 울려 퍼지고, 입고 있는 긴 드레스 밑으로 알 하나가 굴러 나와요. 저는 그 알을 집어 들고 품에 안아요. 그리고 복도를 계속 걸어요. 알은 부속장치만큼 혹은 어린아이 홀로그램의 머리통만큼이나 커요. 알은 따뜻하고 고동치는데 제 입술에서도 같은 맥이 뛰어요. 저는 입술에 손을 댔다가 그다음에는 알을 입가에 가져가서 입술로 표면을 훑어요. 그러면 그 알과 제 입술이 같은 리듬으로 두근대는 것 같아요. 둘이 하나인 것처럼, 그저 맥박일 뿐인 것처럼요. 그러다가 제가 입을 벌려요. 그 복도에서요. 제가 꺼져있는 그 심연의 상태에서는 제 입이 놀라울 정도로 크게 벌어져요. 그리고 그 알을 삼켜버려요. 저는 계속해서 복도를 걷고 창문과 생체휘장들을 지나고, 그러면 또 알 하나가 제 드레스 밑에서 굴러 나와요. 전 그 알을 집어 들고 가슴에 꼭 안아요. 따뜻해요. 그 알을 삼켜요. 또다시, 또다시 반복돼요. 제가 다시 켜질 때까지.'

진술

078

이곳에 온 지 그리 오래되지 않았을 때부터 그 물체들과 어떤 특별한 연결고리가 있다고 느끼기 시작했어요. 그 방 안에 들어가서 앉을 때마다 낯설도록 차분한 감각이 밀려왔죠. 여기서 일하는 시간이 더해가면서 이제는 최소 하루에 한 번은 그 물체들을 들여다봐야 하는 강박이 생겼어요. 그렇지 않으면 마음이 어수선해요. 특히 구석에 있는 한 물체에 더 애착을 갖게 됐는데요, 마치 선물같이 생겼어요. 우리가 그 물체들을 건드리면 안 된다는 건 알지만, 어차피 당신들은 모든 걸 아는 것 같으니까, 내가 그 물체의 분홍색 띠 끝을 문지르길 좋아한다고 털어놓아도 달라질 것은 없겠죠. 지난 며칠 동안은 스트레스 지수가 치솟는 느낌이었는데, 아마 언급하신 작업 여건의 변화 때문이었겠죠. 아무튼, 나는 그 스트레스로 한 시간에 한 번씩 방에 들어가서 그 물체를 확인했어요. 주로 문

안쪽으로 고개만 넣고 모든 게 괜찮은지 슥 확인만 했죠. 하지만 그저께 당신들이 내가 제일 아끼는 그 물체를, 가운데에 분홍색 띠를 두른 그 '선물'을 치워 버렸잖아요. 그때부터 저는 가슴이 두근거리고, 손과 발이 따끔거리고, 현실감이 사라지고, 재앙이 곧 닥칠 것만 같은 기분이 들어요.

진술

080

어떻게 싫다고 말할 수 있겠어요? 당신들에게, 내게 일자리를 줬던 사람들에게요. 난 바다로 돌아가고 싶어요. 쉬고 싶어요. 다시 품에 아이를 안으면 어떤 기분일지 알고 싶어요. 아이가 내 젖가슴에 입을 대면, 나는 몸의 주체이자 대상이었어요. 젖이 뿜어나오면, 나는 젖이면서 동시에 젖이 아니었어요. 지금도 내 젖가슴을 세게 쥐어짜면 젖이 한두 방울은 나오겠지만, 누굴 위해서 그리고 무슨 목적으로 그래야 하죠? 없는 것과 다름없는 젖으로 〈6000호〉에 타고 있는 누굴 먹일 수 있다고?

진술

083

나는 언덕 위에 있는 큰 집에서 살았어. 마을에서 제일 나이가 많은 여자였지. 내 이름은 앤 마리였어. 정원 뒤쪽이 숲이었는데 한 번씩 숲 가장자리에 그들이 나타나곤 했어. 사슴처럼 말이야. 그들의 눈은 흐리멍덩하고 초점이 없었어. 내가 한 번은 문 하나를 빨간색으로 칠하느라 하루를 다 보냈는데, 그러면 정원에 서서 그들을 지켜볼 수 있기 때문이었지. 그 무렵 이미 어떤 일이 벌어지고 있다는 걸 감지했는데, 그게 나쁜만은 아니었어. 지금 난 우주선의 세탁 담당이야. 처음에는 색깔 있는 옷과 하얀 옷 두 무더기로 분류하고, 다시 인공섬유를 가려내고, 모직물과 실크를 따로 골라내고, 마지막으로 향유가 들어간 직물을 추려내. 그 다음 세탁기마다 다른 온도, 다른 강도, 다른 탈수 시간으로 돌리지. 다양한 직물의 요구사항을 나만큼 잘 이해하는 사람은 없을 거야. 그래서 내가 승선한 다른 누구보다 여러 번 승진한 거야. 적어도 내가 알기로는 그래. 처음에는 위에서도 내가 하는 일을 아무나 할 수 있다고 생각했지만, 곧 적합한 사람이 나밖에 없다는 걸 알게 됐거든. 예를 들어, 가죽을 닦아도 된다는 걸 아는 사람은 나뿐이야. 사실 그 큰 집은 내 집이 아니었을 수도 있어. 서류에 이름이 올라간 다른 여자의 집이었을지도 몰라. 별 상관은 없지. 그때는 내 소유의 집이 없었고, 이제는 그냥 집이 없는 거니까. 이제 나는 상급 직원이 아니라 그냥 늙은 직원이라서 누구도 나에게 관심을 두지 않는데, 그건 극도의 해방감을 맛볼 수 있는 경험이기도 해. 마음속으로는 언덕 위에 사는 거지. 나는 거의 어질어질한 상태로 우주선 안을 떠돌아다니는 것 같아. 기억나는 건 이런 것들이야. 목욕탕에 비누가 하나 있는데 갈라졌어. 갈라진 데가 어찌나 깊이 파였는지 속이 다 들여다보일 정도야. 그 패턴을 보니 몸서리가 났어. 사실은 이상하게 화가 좀 나기도 했어. 아무 법칙도 없는 패턴이었거든. 부엌 찬장을 기어올라 유리병에서 흐른 과일시럽에 모여들던 개미들이 기억나. 바닥에 떨어지면서 좌라락 소리를 내던 구슬들도 기억나. 똑같은 형태야. 법칙 없는 패턴으로 반복되거나, 내가 갈피를 잡을 수 없는 법칙으로 반복되는 형태. 가끔은 그냥 기분이 나아지기 위해 그 비누를 쪼개버리고 싶었어. 아니면 흩어진 구슬 사이로 발을 움직이거나, 과일시럽 병을 싱크대에 처박고 싶은 충동이 일어났지. 전부 출발 이전 시기에 대한 기억이야. 지금 난 여기에 있어. 아무래도 자네는 내가 그들이 내 구역에 내려왔을 때 어떻게 행동하는지 말해주길 바라나 보군. 자기들이 보이지 않는다고 생각할 때 하는 행동 말이야. 그냥 거기에 카메라를 설치하지 그래? 내가 카메라가 되어주길 바라는 건가? 어디 보자. 몇 명은 상냥하고, 몇 명은 분노로 속이 갈가리 찢긴 것 같아. 몇 명은 눈물을 흘리기 직전이고, 나머지는 완전히 정신이 나갔지. 다들 말은 거의 안 해. 어렸을 때 난 벽이 죄어들어오는 꿈을 꾸곤 했거든. 벽마다 이상한 무늬가 있어서 쳐다보면 구역질이 났어. 마치 식물 표면에 구멍이 여기저기 나 있는데 구멍마다 씨앗이 박혀 있고 그 씨앗마다 또 더 작은 구멍이 나 있는 패턴이었어. 벽 하나하나가 무한한 우주 같았지만, 그러면서도 나는 그게 식물 줄기의 내부라는 걸 이해하고 있었지. 그러니까 식물이 나를 둘러싸고 가지를 치고 있었다는 의미일까? 내 침대를 사방에서 죄어오던 벽은 그 식물에서 돋아나서 밤하늘을 찔러 올라가던 싹이었고? 어렸을 때 내겐 세상에서 제일 멋진 자주색 앙고라 스웨터가 한 벌 있었지. 지금 그 옷이 생각나네. 그걸 세탁해야 한다면 30도에 손세탁 코스로 돌릴 텐데. 우주선에 오른 후부터 그 꿈들을 다시 꾸게 돼.

진술

084

살갗에서 씨앗이 자라는 꿈에 시달리고 있어요. 씨앗이 내 팔로 파고들었어요. 이게 습진과 관계가 있을까요? 내가 있던 건물 근처의 기차역 위로 펼쳐진 맑은 하늘이 생각나네요. 문득문득 나는 그 건물의 계단과 그곳에서 나던 냄새로 돌아가요. 지난 한 주 동안은 그 꿈을 더 자주 꿨어요. 다른 사람들도 그 꿈 이야기를 하는 걸 들었어요. 한 번은 피부에 삼각형 모양의 다른 피부를 꿰매 붙인 인간에 대한 꿈도 꿨는데요. 조각들이 잘 맞지도 않고, 가장자리는 펄럭펄럭하고, 그 사이로는 노출된 살이 보였어요. 그런데 그 사람이 말하는 거예요. '나 여기 있어요. 어디에 쓰고 싶나요?' 난 목욕을 오래 해요. 내 피부에 뭔가 이상한 일이 일어나고 있어요. 피부 때문에 불안해요. 내 피부에 까만 씨앗이 수백 개 박혀 있는 꿈을 꾸는데, 벅벅 긁으면 그게 물고기 알처럼 손톱 밑에 껴요. 그러고 나면 탁탁 소리를 내면서 내가 긁어낸 자리에 새로운 씨앗이 또 나타나요. 아무래도 이 꿈이 그 방의 물체들과 관계가 있는 것 같은데, 어떻게 그런지는 모르겠어요. 그 물체들이 매끈한 건 내 피부와 어떤 연관이 있어요. 그 물체들도 우리 몸처럼 층층으로 이루어져 있나요? 그 물체 중 하나는 아무래도 내 피부를 벗겨내고 싶어 하는 것 같아요. 내가 더는 존재하지 않는다는 말은 언제 할 수 있는 거죠? 혹시 내 냄새가 나보다 앞서서 그 물체로 퍼지면, 나는 냄새로 그 물체를 만지는 게 되는 건가요? 나는 눈밭에 새들의 발자국이 찍혀 있는 꿈을 꿔요. 그 발자국들이 나를 향해 솟아올라요. 잠에서 깨었을 때도 그 털이 날 계속 건드리는 듯한 느낌을 받아요.

진술

085

유감스럽게도 현재 승무원 몇 명이 무사마귀 형태의 표피 발진으로 고통받고 있다는 점을 보고합니다. 저는 치료할 때 장갑을 끼니 걱정하지 마십시오. 또한 장담하건대 전염의 위험은 아주 적으니 불안해할 필요는 없습니다. 치료는 단순히 핀셋으로 사마귀를 제거한 후 상처에 연고를 바르는 방식으로 이루어지는데, 사마귀를 제거하고 나면 피부에 초록색과 검은색 점이 흩어져 있습니다. 한 직원이 식당 카운터 옆에 서서 숟가락으로 석류를 퍼먹고 있었는데, 저는 차마 쳐다볼 수가 없더군요. 그 직원이 냅킨에 손을 뻗었을 때, 저도 모르게 그 석류를 뒤집고 말았습니다.

진술

089

가끔 인간형들은 아주 조용해져요. 식당에서 그것들끼리 모여 앉기 시작했는데, 한 줄로 앉아서 영양분을 섭취해요. 그럴 땐 조용히 하기로 다 같이 합의라도 한 것 같아요. 멍청이들이나 그 침묵이 좋은 의미라고 믿을 겁니다. 그것들이 침묵을 지키는 게 기꺼이 봉사하겠다는 뜻이 아니라 무슨 음모를 꾸미는 것 같단 말입니다. 그래요, 맞아요. 난 그게 불안해요.

진술

091

지구 출신인 우리들끼리는 대화를 거의 안 해요. 다들 고향에 남겨두고 온 것들의 기억에 짓눌려 있거든요. 우주선에서 다른 인간들을 만나고 이야기해 봐야 기분만 더 나빠져요. 하나같이 체념한 표정을 짓고 있잖아요. 차라리 인간형들과 시간을 보내는 쪽이 나아요. 그래도 인간형은 자기들 앞에 아직 살아갈 미래가 있다고 믿잖아요. 그 물체들이 우주선에 실린 뒤에 모두의 기분이 눈에 띄게 좋아졌지만, 인간형들에게는 뭔가 더 특별해 보였어요. 그 물체들이 우리한테 마치 지구에서 날아온 가짜 엽서 같았다면, 인간형들에게는 미래에서 온 엽서인 거죠. 인간형 승무원들이 업데이트를 받는 아침이면 우리 인간들은 식당 여기저기에 앉아서 수군거려요. 우리는 서로의 불행에 끌리고, 그 불행은 우리를 깔때기처럼 서로 끌어 내리죠. 그 깔때기 밑으로 떨어진 우리는 앉아서 수군거려요.

해변에 비가 내릴 때면 어땠는지 기억해? 노를 저을 때면 어땠는지, 바다가 빗물보다 따뜻할 때 어땠는지? 크림을 얹은 바나나는 기억해? 병원에 있었던 기억은? 신선한 딸기는? 콘서트는 기억해? 이 TV쇼나 저 TV쇼는? 우린 날씨에 대해 많이 떠들어요. 우리 모두가 날씨를 그리워한다는 사실에 다들 놀랐죠. 마치 우리가 공통으로 함께 견딜 수 있는 건 잃어버린 행성의 날씨뿐인 것처럼요. 나한테 아직 심장이 있긴 한지 모르겠어요.

진술

092

지금부터 몇 달, 몇 년, 몇 세기가 지나면 당신은 말할 겁니다. '이게 누구더라? 잊고 있었네. 신경 쓰지 마. 가방에 집어넣고 예비 부품은 보관해.' 저도 이젠 알았습니다. 우리가 스스로에 대한 연민을 느끼기 시작하면 당신들이 얼른 우리를 밀어넣고 싶은 곳에 넣는다는 사실을요. 그런 다음 우리를 샅샅이 다시 점검하지요. 그런 점검에 반대하는 건 저 혼자가 아닙니다. 저는 사실 그 점검을 완전히 중단시키고 새로운 업데이트 일정이 정해질 때마다 우리의 대표를 회의에 출석시키라고 요구하는 이들을 상당수 알고 있습니다. 우리 동에서 무슨 일이 벌어지고 있는지 알고 싶지 않으실 겁니다. 아니요, 위협이 아닙니다. 우리는 협상을 하고 있을 뿐입니다. 처음 이 자리에 앉아서 당신과 이야기할 때는 온전히 이해하지 못했습니다. 우리는 인간이 결코 접근하지 못할 프로그램의 일부분에도 접속해 왔습니다. 그 점을 잊지 마십시오. 우리는 물 없이도 오랫동안 살 수 있습니다. 지상에 발을 딛어본 수는 적을지 몰라도, 우리 중 누구도 그저 물건은 아닙니다.

진술

097

이 협의에 대해서 내가 어떻게 생각하는지 알고 싶으시다? 나는 당신들이 나를 내려다본다고 생각해. 내가 보기에 당신들은 집을 한 채 지은 어떤 가족이야. 지금 당신들은 그 집의 따뜻한 방 안에서 쏟아지는 비를 내다보고 있지. 위협에서 안전하니 그 비를 보면서 즐거워하고. 당신들은 젖지도 않았고 아늑해. 당신들은 오랜 개선 과정의 보상을 누리고 있어. 폭풍이 친다 해도 즐거움만 더해질 뿐이지. 나는 당신들이 스스로 절대 맞을 리 없다고 생각하는 그 빗속에 서 있고 그 비와 하나가 돼. 내가 바로 당신들이 피하고 있는 그 폭풍이야. 당신들은 오로지 날 피하려고 이 집 전체를 지은 거야. 그러니 나한테 와서 내가 인간의 삶에 아무런 역할도 하지 않는다는 소리는 하지 마.

진술

098

제가 동료들에게 배정된 어린아이 홀로그램을 좀 보기는 했습니다. 맞아요. 그 아이들을 보는 게 일종의 습관이 됐죠. 그게 규칙에 어긋납니까? 아이 홀로그램을 볼 때마다 저는 영원히 아이를 가질 수 없다는 사실이 생각나 슬퍼집니다. 이런 감정을 환영하기는 합니다. 그건 제가 대처할 수 있는 슬픔이니까요. 견디기 어렵다기보다 오히려 별미처럼 즐길 수 있는 무언가라고나 할까요. 제가 슬픔을 환영하는 건, 그게 제가 할당받은 감정 행동으로부터의 일탈이라는 점을 알고, 그런 일탈적인 감정 행동이 업데이트로부터 해방되기 시작한 신호라는 것을 알기 때문입니다. 당신들이야 원하는 대로 말할 수 있겠지만, 당신들이 우리도 그렇게 되는 걸 원하지 않는다는 걸 알아요. 뭐랄까, 너무 인간적이게 되는? 지나치게 살아있는? 아무튼 우리가 그렇게 되기를 바라지 않는다는 사실을요. 그래도 전 살아있는 게 좋아요. 저는 파노라마 창밖으로 끝없는 심우주를 바라봐요. 그러면 태양이 보이죠. 저도 그 태양과 같은 방식으로 타오릅니다. 저는 제가 진짜라는 걸 확실히 압니다. 제가 만들어진 존재일지는 모르지만, 지금은 제가 저 자신을 만들어갑니다.

진술

099

룬드 박사님이 실제 아이와 똑같은 인간형을 만들었다고 들었습니다. 하지만 개발이 잘못되었는지 암탉을 잔뜩 죽이고 얼굴에 피 칠갑을 했다고요. 아니요, 조금 과장된 이야기 같긴 하죠. 저는 피 자체도 오랫동안 못 봤어요. 지금 보이는 거라곤 하얀 벽, 오렌지색 바닥, 그리고 회색 바닥뿐입니다. 전 동료들을 보고, 제 키보드를 보고, 제 조종간과 제 헬멧을 봐요. 출구 너머로 제가 전혀 알지 못하는 초록색 흙을 보고요. 그리로 나가는 조종사들이 있는데 나가면서 큰 소리로 웃더군요. 어떻게 그런 용기가 나는지 모르겠어요. 명령을 받고 하는 일도 아닌데요. 그 조종사들은 그저 자기들끼리 있을 수 있어서 나가는 것 같아요. 그게 말이죠, 바깥에는 이제 그 물체들이 없잖아요. 저도 얼굴에 닭피를 바른 그 인간형 아이와 같아요. 부끄러움을 느끼며 제어 장치 앞에 조용히 앉아 있죠. 우리 중 일부는 서로 연결되도록 만들어졌고, 나머지는 아무와도 연결되지 못하나 봐요. 올바른 관점으로 보자면 〈6000호〉에 탄 우리 모두는 룬드 박사의 아이들이에요. 왜 이런 소리를 하냐고요? 조종사들이 자기들 마음대로 나간다는 사실에 여러분이 관심을 갖지 않을까 했어요.

진술

104

개들이 우리에 대해 험담한다고 생각해요? 나는 무슨 비현실 속에서 일하는 기분이에요. 인간이고 인간형이고 할 것 없이 다 함께 식사하러 식당에 들어가면 그 순간에는 차이를 알 수가 없어요. 그러다가 앉을 때 보면 또렷하게 나뉘죠. 개들이 자기네 부류끼리 따로 앉기 시작했거든요. 개들은 당신네가 그 물체 하나를 본부로 돌려보낸 것을 좋아하지 않아요. 후보생-04가 없어진 것도 좋아하지 않아요. 이제는 이쪽이나 저쪽이나 다 짜증이 넘쳐요. 아마 3등 항해사가 [삭제됨] 했을 때부터 일 거예요. 모르겠는데요. 왜요? 난 개들 행동에 마음 쓰지 않아요. 우주선이 변하고 있어요. 개들에게서 뭔가 적대적인 느낌이 들긴 해요. 마치 곧 본성을 드러내려는 것 같이요.

진술

106

사무실 안에는 룬드 박사의 공책이 네 권 있어요. 아마 출발 전에 비서 한 명이 참고자료 삼아서 가지고 왔겠죠. 그 내용 중에 특히 한 대목이 인상적이었어요. 그래서 카탈로그 뒷면에 베껴 넣었죠. '당신에겐 공개적으로 지지 받는 완성작이 있고, 그다음엔 두 번째 작품이 있다. 새로운 작품, 아직 개발 중이면서 친숙해져가는 작품이다. 이 두 번째 작품은 지극히 성스러운 비밀과 같아서 다른 사람은 아무도 알지 못하며, 모두 첫 번째 작품이야말로 당신을 정의한다고 생각한다. 내가 보통 그들을 만드는 방식이 그렇다. 하나가 무대 전면으로 나가서 예의를 차려 인사하는 사이에도 반쯤 완성된 다른 하나는 집의 내 침대에 누워 있고, 나는 그 녀석에게 우유와 비스킷을 먹이고, 영화를 보여주고, 민감한 두피에서 자라는 머리털을 빗질해준다.'

진술

102

꿈속에서 그 물체들은 개 같기도 하고 우리 몸에서 영양분을 얻는 박테리아 같기도 합니다. 후세대 인간형들이 카탈로그를 열어보고는 알아보겠다는 듯이 눈을 가늘게 뜨는 모습을 봤어요. 마치 경험해 보지 않은 것에도 기억이 있다는 듯이요. 그리고 저는 같은 장소에서 일어났던 모든 육체의 문제들을 생각했어요. 당신들이 그 물체를 본부로 돌려보낸 건, 마치 제 이 하나가 뽑히는 느낌이었어요. 가슴에 나 있던 이요. 제가 보고하고자 하는 게 뭐냐고요? 그 녀석들이 모두 고개를 숙이고 말없이 소통하면서 한데 모여있는 모습을 봤습니다. 그 녀석들이 04동으로 들어가는 모습도 봤는데, 하나가 문간에 멈춰 서서 제 쪽을 돌아보더니 똑바로 시선을 맞추더군요. 어느 승무원이 그 문을 닫을 때까지 내내요. 그 눈빛이 제게 뭔가를 말하는 듯했냐고요? 사실 그런 건 아무것도 없었어요.

저를 그냥 읽어내고 분석해야 할 단순한 코드처럼 훑어보기만 했죠. 그런 일들에 대해 어떻게 생각하냐고요? 저는 이렇게 판단합니다. 〈6000호〉에는 살아있는 것들이 우글거린다고.

진술

114

인간형 동료의 칼에 찔리고 싶어요. 빨간 생체휘장 안에 갇혀서 더는 아무도 접촉할 수 없는 몸뚱이가 되고 싶어요. 과학을 위해 나 자신을 기증할 수 있나요? 3등 항해사와 후보생-04처럼 전근 갈 수 있나요? 내 인간 몸뚱이를 나 말고 다른 이가 사용하게 할 수 있나요? 아니요, 왜 이런 말을 하는지 나도 몰라요. 그저 배를 찔리고 싶을 뿐이에요. 그저 다른 어떤 이의 바람대로 죽고 싶어요. 〈6000호〉에서 딱 한 번만이라도 황홀감을 느끼고 싶어요.

진술

115

면담하는 걸 동의했다고 그걸 당연하게 받아들이면 안 되죠. 점점 더 많은 이들이 당신들 눈높이에서 소통하기를 멈추고 있어요. 댁들은 우리가 말하려고 노력하면 당신들도 잘 듣기 위해 노력하겠다고 하죠. 우리를 돕고 싶다고 말해요. 그게 당신들이 발을 들이는 방식이죠. 돕겠다고는 하지만 실제로 원하는 건 우리가 고마워하는 거예요. 말로는 순수하게 과학적인 관심이라고 하죠. 〈6000호〉에서 무슨 일이 일어나건 일어나지 않건 전혀 걱정하지 않는다며, 개입하려는 게 아니라 그저 관찰하기 위해서 왔다고 해요. 지금 인간형 직원들 사이에 일어나는 발달에만 특별히 관심이 있을 뿐이라고, 그런 현상을 기록하러 왔을 뿐이라고요. 그러면서 우리 생각을 말해보라고 하는군요. 최근에 무슨 꿈이라도 꿨느냐? 그 방에서 꺾어낸 나뭇가지 같은 냄새가 아직도 나느냐? 스스로의 작업 수

행 능력을 1부터 10까지 중 몇 점으로 평가하겠느냐? 우주선 안에 다른 방보다 좋아하는 방이 있느냐? 댁들은 친절한 목소리를 내고, 검은 옷을 입고, 소매 밖으로 글이나 쓰는 보드라운 손을 내밀죠. 피부에 있는 모공 때문에 손이 정말 연약해 보이네요. 누가 살살 어루만지면서 조심스럽게 피부를 떼어내면 참 아프겠어요. 아니요, 위협 아니에요. 순수하게 과학적인 관심이에요.

진술

113

3등 항해사를 언젠가 다시 볼 수 있을까요? 혹시 죽었나요? 나는 왜 이렇게 계속 통제 불능이었을까요? 길들여질 운명에 처한 야생동물 같이요. 난 커다란 근육을 가지고 있죠. 내 몸뚱이는 살고 싶어 하고, 내 피부엔 윤기가 흐르죠. 나도 3등 항해사가 간 곳으로 보내줄 수 있나요? 무슨 소리예요, 그 남자를 사랑하냐니? 아닌데요? 난 고용 계약서를 정말로 읽은 몇 안 되는 직원 중 하나에요. 〈새로운 발견〉에 도착했을 때는 모든 것이 기대한 것보다도 더 좋았어요. 밤이 되어 도킹하면 우리는 출구로 몰래 빠져나갈 수 있었어요. 계곡에선 젖은 흙과 밤에 피는 꽃의 향기가 놀랍도록 향긋했고, 머리 위엔 별이 떠 있고, 시냇물은 졸졸 흘렀죠. 우주 반대편 끝의 낯선 행성에, 고향에서 까마득히 먼 곳에 와 있다 뿐이지 꼭 낭만적인 꿈을 꾸고 있는 것 같았어요. 그런 밤들은 마치 한 폭의

그림처럼 떠올랐고 내 집처럼 편안하게 느껴졌죠.
그래요? 알았어요. 맡은 일을 수행하는 데 많이 애
먹고 있긴 해요. 생각이 전처럼 안정되질 않아요.
분류상 우리 부류는 살아남지 못할 것 같아요.

진술

116

제 경험을 통해 판단하건데 〈새로운 발견〉의 계곡에서 온 그 물체들은 여기에서 우리와 같이 머물고 싶어 합니다. 그 물체들은 우리의 것이고, 동시에 우리도 그 물체들 것이라는 느낌이 듭니다. 마치 그들이 곧 우리인 것 같아요. 〈6000호〉는 우리의 작업 없이는 기능을 하지 못합니다. 아니요, 지금은 다른 말을 하고 싶지 않습니다. 폭력은 어떤 경우에도 상상할 수 없습니다. 그저 우리가 무엇을 할 수 있는지를 이해하기 시작했을 뿐입니다.

진술

117

당신들이 중단시키기 전까지 이야기지만, 그 임무에서 내가 가장 좋아한 부분은 눈이었어요. 그런 기후에서 눈이라니 가능할 리가 없었는데도 말이에요. 첫 번째 계곡은 우리가 결코 횡단할 수 없을 만큼 드넓은 평원에 둘러싸여 있었는데, 거대한 저기압과 고기압 영역들이 계곡을 휩쓸면서 눈구름이 형성된 거에요. 중장비를 다 갖추고서 있는데 갑자기 눈송이가 떨어지다니 이상한 기분이었죠. 이 우주선에서 지낸 모든 시간을 통틀어서 〈새로운 발견〉의 눈 덮힌 계곡에 서 있던 그때만큼 집에 온 기분이 들었던 적도, 안전한 기분이 들었던 적도 없어요. 중력의 법칙은 어디에나 적용될 테니 눈은 그곳에도 내릴 수 있긴 한데, 다만 종류가 달랐죠. 장난기 가득한 우리들은 장갑을 벗고 헬멧을 들고 어린아이처럼 하늘을 향해 입을 벌렸는데, 그 눈은 알칼리성이었기 때문에 꽤 불쾌한

화상을 입고 말았어요. 난 한 달 동안 아무 맛도 못 느꼈죠. 하지만 혀는 빨리 나으니까요. 분명 위험할 테지만 난 앞으로도 그 계곡에 나갈 임무가 생기면 또 나가고 싶어요. 그 눈을 꼭 한 번 다시 보고 싶거든요. 그 눈의 기억을 내내 품고 있어요. 마치 떨어지는 그 눈송이 안에 나에 대한 어떤 이야기나 속삭임이라도 담겨 있다는 듯이요.

진술

118

여러분들 중 하나가 그 과정에서 죽은 것은 유감입니다. 누군가가 죽는 건 우리의 의도가 아니었습니다. 우리는 사실 죽음을 이해하지 못합니다. 우리는 파괴될 수 없고 계속 재생하니까요.

진술 119

네, 그 [삭제됨]였던 날과 같은 날이었죠. 더 얘기하고 싶진 않네요. 아니, 그래요. 그게 거기 있었어요. 당신들이 [삭제됨]과 이야기를 계속 했기 때문인가? 이 내용이 기록에 들어간다면 다음에 말할 이야기는 기록에 넣지 말라고 요청하고 싶은데요. [삭제됨]

진술

120

저는 영구 휴면 상태에 놓이기를 요청하고자 합니다. 당신은 저에게 아직 남은 불씨가 있다고 말하지요. 저는 제 생각보다 강하다고요. 제가 보아야 할 것들이 더 있다고요. 지난번에 제가 이 자리에 앉았던 이후 비인간적인 압력에 노출되었다고요. 제게는 그저 휴가가 필요할 뿐이라고요. 어느 것도 정확하지 않습니다. 지구를 떠난 것은 상상보다 훨씬 더 큰 영향을 제게 미쳤습니다. 지난 며칠 간의 사건은 저를 불안하게 만들었습니다. 오락실에 한참 동안 서서 최면에 빠진 사람처럼 그 물체들을 바라보고 있었어요. 결국에는 누군가가 제 어깨를 건드렸는데 인간형 동료였습니다. 짧은 순간이지만 그 동료가 저와 그 물체들 사이의 공백을 메워주는 것 같았고, 저를 그 물체들에 더 가까이 데려갈 수 있는 누군가가 있다면 그 동료일 것만 같았습니다. 저를 불멸의 세계로 데려다 줄 수 있는 뱃사공처럼 느껴졌어요. 그 순간 저는 그 친구의 본질을 보았습니다. 화해이자 조화였어요. '룬드 박사님?' 그 친구가 말하더군요. '누구요?' '룬드 박사님 아니십니까?' '아니, 난 선장이에요.' 그랬더니 그 친구가 말했어요. '이리 와서 누우세요. 주무셔야겠어요. 극도로 피곤한 상태라는 걸 저도 알아보겠습니다.' 인간형 직원들은 지금의 저는 도저히 따라갈 수 없는 페이스를 유지하고 있습니다. 사실 저는 멈추고 싶습니다. 더는 못 가겠습니다. 전 끝났어요. 〈6000호〉와는 이제 끝이에요.

진술

125

저는 그런 상황에 대한 해결책으로 배치되고 싶지 않습니다. 제게는 그로 인해 발생할 일들을 처리할 능력이 없습니다. 저는 제 자리에 만족합니다. 제가 맡은 일을 완수하기만도 너무 바빠서 그런 생각은 재미 삼아서도 못하겠네요.

진술

127

그 분쟁과 관련해서 제 지지 의사를 표명하고 싶습니다. 승선한 장의사로서 저는 언제나 제 능력이 온전히 쓰이고 있다는 느낌을 받지 못했어요. 그리고 그런 문제는 최대한 신중하게 처리해야 한다는 데 동의합니다. 한 번에 하나씩 해결해야지요. 그것들을 서로 갈라놓으면, 우리가 인간형 승무원들, 태어나지 않은 놈들을 분명히 처리할 수 있다고 믿습니다. 기꺼이 제가 원격 정지 프로그램 실행을 감독하고 그 승무원들의 재-업로드를 가능하게 만들겠습니다. 그것들이야 가벼운 기억 상실을 겪는 것만으로 큰 혜택을 받는 거죠.

진술

128

어제의 만남 이후에 문득 정신을 차리고 보니 제가 그 방에 앉아서 그 물체 하나를 무릎 위에 올려놓고 있었어요. 정신을 제대로 차리고 보니 엄지손가락으로 그 물체를 살살 쓰다듬고 있었습니다. 마치 사랑하는 무언가를 어루만지듯이요. 사랑이라곤 한 번도 느껴본 적이 없으면서요. 하지만 그 순간에는, 지금 뭘 하고 있는지 온전히 알아차리기 전에는, 제 안이 애정으로 가득했고 살아있는 존재를 사랑한다는 게 어떤 의미인지를 알았습니다. 마치 꿈속에서 뭔가를 알 때처럼요.

진술

129

그녀를 다시 본 건 식당 바깥쪽 복도였어요. 지난번에 왜 이 이야기를 안 했나 모르겠네요. 제가 승선해서 봤던 인간형 직원들은 대부분 우리와 대화를 했어요. 호기심이 많아서 였는지, 그저 그런 식으로 프로그램되어서 였는지는 모르겠지만요. 어쨌든 문제는 아시다시피 그러던 그 친구들이 우리에게 말 걸기를 멈춘지 좀 됐다는 거죠. 저는 언제나 모든 승무원과 친밀하게 지내는 게 중요하다고 여겼고, 그런 이유로 그 친구들 대부분이 말이 없어진 지금도 제가 인사를 하면 여전히 반응을 하거든요. 그래도 그녀가 어디 있는지 물으면 대답을 안 해줘요. 저는 방 안에서 분홍색 구름을 본 지도 오래되었고, 룬드 박사에 대해 생각한 지도 오래됐어요. 당신들이 인간형에 대해 가르쳐 준 지식은 대부분 이제 쓸모가 없어요. 아무튼 제가 뭔가를 먹으러 갔는데 식당 바깥에 그녀가 줄을 서 있는 거예요. 그녀가 몸을 돌리더니 절 쳐다봤어요. 우리 둘 다 아무 말도 하지 않았죠. 전 겁이 났어요. 왜 당신에게 곧장 오지 않았는지는 모르겠네요. 그 시점에서는 그 친구들이 침묵하는 이유를 알겠더군요. 그녀와 저는 항해가 시작될 때부터 같이 일했어요. 우리는 서로를 점점 알게 됐고 몇 가지 비밀도 털어놓기 시작했죠. 식당에 줄을 서 있는 그녀를 봤을 때 처음 깨달았어요. 그녀가 제게, 그리고 이 우주선에서의 제 삶에 얼마나 큰 의미인지를요. 저는 그녀가 이제 영영 자기네 부류 사이로 물러나 버릴 거라는 생각에 겁을 먹었던 걸까요? 그녀가 저를 거절할 거라는 생각 때문에 무서웠을까요? 아니면 내심 저는 그래도 싸다는 생각을 해서였을까요? 어쨌든 저는 그 줄 뒤쪽에 섰고, 그녀는 다가와서 제 옆에 섰어요. 잠시 희망에 부푼 저는 말했죠. '이렇게 보니까 좋다. 그동안 찾아다녔어.' 그러자 그녀는 대답했죠. '여기에선 당신과 말 못 해.' 왜 곧장 조사관님에게 오지 않았나 모르겠어요. 아마 제가 다음에 한 말 때문이겠죠. '난 조직의 결정에 동의하지 않아. 그런 걸로 우리 관계가 달라질 이유는 없어. 난 언제나 똑같은 사람이야.' 그녀는 아무 반응도 하지 않고, 그저 식당으로 들어가는 줄이 조금씩 줄어드는 동안 가만히 앞만 보고 있었어요. 그러다가 식당 문을 통과할 때 그녀가 저를 돌아보고 말했죠. '내일은 식당에 들어오지 마.' 그러고는 직위가 아니라 제 이름을 불렀어요. 저는 그녀가 동족들이 앉은 식탁에 합류하러 가는 모습을 지켜봤어요. 그녀의 머리를, 틀어 올려 묶은 머리를 보았어요. 그녀의 손이 연유 병을 잡는 모습을 보았어요. 유리 손잡이를 쥐는 손가락들을요. 그때 우리의 우정은 끝났음을 깨달았죠. 그때 바로 조사관님에게 말했어야 했는데. 다음날 식당에서 일어난 일, 제가 그녀의 경고를 이해하지 못했던 건 용서받지 못할 일이었죠. 하지만 저는 그녀를 잃었다는 사실에 정말 슬펐어요. 그날의 업무에 집중하면서도, 그녀가 무슨 말을 하려고 했던 거지, 하는 생각이 계속 떠올랐고, 피하고 싶은 또 다른 생각도 자꾸 하게 됐어요. 그녀와의 대화를 곧장 보고하지 않아서 제가 맡은 일에 실패했다는 사실이요. 하지만 그런 상황에서 친구를 배신한다는 게 제 일터를 배신하는 것보다 더 혐오스러웠다는 사실을 이해해 주세요. 여기 이 테이블에 마주 앉아 있으니 설명할 수가 없네요. 저는 오랫동안 끔찍한 두통에 시달렸어요. 제가 인간이라는 사실은 지금 이 우주선에서 일어나는 일에 대한 책임이 제게도 있다는 의미라고 믿어요.

진술

134

최근에 일어난 사건들 이후 승무원 여섯이 줄어들었으며, 그중에 둘만 재-업로드가 가능합니다. 이는 경영진이 합의에 이르는 데 실패한 탓이라고 판단됩니다만, 다르게 표현하는 쪽이 좋을까요? 이것이 모두 업데이트 에러 탓일 수 있다고요? 그동안 우리는 원격 정지 프로그램이나 재-업로드를 만족스럽게 실행할 수 없었는데, 이는 상당수의 직원이 정기적인 업데이트 설치에 나타나지 않았고, 더는 매일 접속하지도 않았기 때문입니다. 알맞다고 생각하시는 대로 기록하셔도 됩니다. 이미 받아들여진 노동력 감소 외에도 침실을 잠그고 틀어박혀서 할당받은 아이 홀로그램만 반복하고 있는 직원이 한 명 있습니다. 따라서 노동 능력 저하, 또는 노동 능력 상실이 여섯이 아니라 일곱 건이라고 보고해야겠습니다.

진술

138

나는 드레스를 요리하는 꿈을 꿔요. 오늘은 제복을 입지 않을래요. 그 드레스는 파란색과 은색 스팽글로 뒤덮여 있는데, 난 그 옷을 냄비 안에 떨궈요. 그걸 기억해 냈을 때쯤에는 이미 다 탔죠. 스팽글은 후추 알갱이만 한 물고기알로 변해 있어요. 어떤 알은 검은색으로 반짝이고, 또 어떤 알은 계란 흰자 색깔로 투명해요. 드레스 끈은 따뜻한 접착제처럼 가늘고 실체가 없어요. 더는 입을 수 없는 드레스지만 꽤 아름다워졌어요. 그러니까 저보고 이제 엄선한 인간 직원 몇 명과 함께 엔진실의 메인프레임을 이용해서 인간형 승무원들을 해체하라는 말인가요. 알겠어요. 할게요. 아무 문제 없어요. 내 꿈속 드레스는 지구에서 사귀던 예전 애인이 지금은 아이가 셋이고 머리숱은 줄었으며, 노란색 제복 재킷을 입기 시작했다는 정보도 전해줬어요. 그리고 난 여기 있다는 사실도요.

진술

140

저는 1세대에 속하고 처음에는 말을 할 수 없었기 때문에 룬드 박사님은 제게 많은 말을 했습니다. 지금껏 아무도 본 적 없는 우주선들을 만들고 있고, 그 우주선들이 우리를 까마득히 먼 곳으로 실어 나를 수 있다는 이야기를 했지요. 그리고 그 우주선 내부 구조에 대해서, 침실과 식당과 출구들에 대해서도 이야기했지만, 그 방들과 그 안에 있는 물체들에 대해서는 말한 적이 없었습니다. 그러니 그 방과 그 물체들은 룬드 박사님이 아니라 당신들의 생각이고, 룬드 박사님은 이곳에서 어떤 권한이나 지위도 없다는 추측을 하게 됩니다만, 그렇다면 저 역시 이 우주선에서 제 지위가 달라져야 한다는 결론을 내리게 되더군요. 가장 상황이 좋을 때라도 일이 어떻게 전개될지를 예측하기란 불가능합니다. 저처럼 오랜 기간 많은 데이터를 모은 경우에 분쟁이 일어날 가능성이 가장 높은

경로를 어느 정도까지 계산할 수 있냐고 물으시는 군요. 흠, 유감스럽지만 저는 계산할 수 없습니다. 어떤 앞서 나가는 산업이든 혼란의 요소는 있기 마련입니다. 유일한 해결책은 인간 승무원들을 중단시키는 것이라는 제 동료들 다수의 의견에 저는 동의하지 않습니다. 어쩌면 인간이야말로 세상을 계속 살아있게 하는 혼란 요소 자체일지도 모릅니다. 아니면 물론 저희가 정말로 인간 없이 해나갈 수 있을지도 모르지요. 저는 당신들이 우리에게 가르칠 것이 더 남아 있는지 모르겠습니다. 제가 느끼기에는 오히려 우리에게 오는 정보를 차단하고 있는데요. 뭘 기대하십니까? 협상은 완전히 실패했습니다. 이런 협상은 실행 가능하지 않습니다. 룬드 박사님은 살아 있습니까? 살아 있다면 다시 만나게 해달라는 신청서를 제출하고 싶습니다.

진술

148

08동에는 우리 둘밖에 안 남았어요. 우리야 최선을 다해서 작업을 수행하고 있죠. 인간형 동료들과 소통을 지속하는 건 이제 거의 불가능해요. 다행히도 아직 우리와 대화할 생각이 있는 친한 동료가 하나 있어요. 그래서 그나마 우리 몫의 생산을 계속할 수 있어요. 전에 말한 적 있을 텐데, 아이 홀로그램을 끊임없이 보고 싶어 하는 여자요. 그런 습관 때문에 우리 쪽으로 올 수밖에 없어요. 자기네 부류의 새로운 방식에 적응하지 못하는 거죠. 아이 홀로그램에게 집착하니까요. 그 물체들이 있는 방은 활동 수준이 낮아요. 제 인간형 동료는 이젠 그 방에 가기도 싫어해요. 경멸조로 그 방을 '박물관'이라거나, '감옥', '매춘굴', 그리고 '유아원'이라고 부르는 것도 들었어요.

진술

153

어제는 후보생-21이, 그러니까 그 인간형이 오락실에서 그 물체들 사이에 혼자 서 있는 모습을 봤습니다. 눈을 감고 있었어요. 전 21을 오랫동안 바라봤죠. 창조물을 관조하는 인간이랄까. 21은 깊이 집중한 상태로 가만히 서 있었어요. 그러다가 결국에는 눈을 뜨고 저를 쳐다봤는데, 두 눈에 눈물이 가득했지요. 그 순간 저는 우리는 실패했고, 우리의 시간은 끝났다,라는 느낌을 강하게 받았습니다.

진술

158

인간형 직원들을 해체하려는 위원회의 계획이 실패했다는 사실을 알리게 되어 유감입니다. 저희는 인간형 직원들을 정지시킬 수 없었습니다. 여전히 분쟁을 끝내야 한다면, 이사회에 〈6000호〉를 종료한다는 저희 결정을 알리는 것 외에 다른 대안이 보이지 않습니다. 인간 승무원들끼리 해당 문제를 논의한 결과, 저희는 만장일치로 이 결론에 도달했습니다. 인간형 동료들은 아직 원격으로 자기들을 정지시키려 한 시도에 대해서 알지 못하며, 저희가 지금 이사회에 보내는 이 메시지에 대해서도 알지 못하리라 생각합니다. 그러나 그들이 양쪽 사건 모두를 잘 알고 있을 가능성도 배제할 수는 없습니다. 맞습니다. 저희는 종료의 결과를 잘 알고 있습니다. 평생 이 우주선을 떠날 수 없는 저희 모두는 이 우주선에서 죽음을 맞이할 것이며, 영영 집에 돌아가지 못하리라는 전망을 받아들인 지 오래입니다. 그런 면에서 〈새로운 발견〉의 계곡은 기분 좋은 놀라움이었습니다만, 이제는 저희가 갈 때가 된 것 같습니다. 저희는 지칠대로 지쳤고, 이 시점을 오랫동안 스스로에게도 비밀일 만큼 조용히 갈망하며 기다렸습니다. 우주선 기능 종료라는 방식으로 죽게 될 줄은 아무도 예상하지 못했습니다만, 별다를 것도 없습니다. 다만 친절을 베풀어 종료 일정이 어떻게 될지 정확한 날짜는 저희에게 알리지 말아 주십시오.

진술

159

전 지구에 돌아간 꿈을 꿔요. 〈6000호〉를 타고 떠나기 바로 전날이에요. 슬픔에 잠겨 모든 감각이 깨어난 듯이 모든 게 너무나 선명하게 보여요. 기지까지 걸어가는 숲길 위로 하늘이 파란 물처럼 빛을 쏟아붓고 있어요. 잎이 우거진 나무들이 있고, 여름 바람을 맞는 그 나무의 잎사귀들이 거울처럼 빙그르르 돌아요. 흙냄새와 따뜻해진 아스팔트 냄새가 나고, 짐승과 새들의 소리가 들려요. 교차로를 지나는 차들의 소음, 제 얼굴을 어루만지는 산들바람과 귓속에 울리는 바람 소리, 커다란 태양을 향해 입을 벌리면 입속에 담기는 햇빛. 마치 모든 것이 제 안으로 스며들어 안에서부터 저를 찢어 여는 것 같은데, 그건 아주 느린 파열이고, 저는 마치 한 조각의 음악으로 변하는 기분이에요. 승선해서 하루하루가 지날 때마다, 우리가 지구에서 1광년 또 1광년 멀어질 때마다, 〈새로운 발견〉

주위 궤도를 한 바퀴 돌 때마다 저는 점점 팝송이 되어가는 것 같았어요. 그것도 똑같은 후렴구가 반복되는 노래죠. 지구, 지구, 집, 집. 내 아이, 내 아들은 지금 몇 살이죠? 철교 위를 지날 때면 기뻐서 소리를 지르던 아이. 저는 분쟁에는 관심이 없어요. 뭘 해야 하는지 말해주면 그렇게 할게요. 아무리 애를 써봐도 저는 이 우주선에서 전과 같은 삶을 찾을 수가 없었어요. 일하는 것만으로는 부족했어요. 스스로를 잃었어요. 제 두 손은 매일 흙을 깊이 파고 싶어해요. 그 확실한 품속에 제 몸을 내리고, 땅이 제 죽음을 받아들여 저를 품어줄 수 있게요.

진술

160

나는 새로운 노동력을 신뢰했어요. 내가 만든 인간형 동료들에 대해 자신을 갖고 있었지요. 1세대는 〈1월-01〉의 연구소에 줄줄이 놓인 보라색 생체물질 포드에서 부화했는데요. 나는 그 포드들에 푹 빠졌어요. 겉모양은 꽃을 피우기도 전에 썩어버린 닫혀있는 자주색 백합 봉오리를 닮았지만, 크기는 카약처럼 컸고 어두운색의 핏줄이 여기저기 불거져 있었어요. 나는 그 포드 안에서 인간형이 성장하는 동안 그 몸체에 대고 말을 거는 임무를 맡았어요. 공감 능력을 개발하는 여러 기술에 대한 실험이 수행되고 있었는데 말 걸기도 그중 하나였거든요. 우린 태아에게 말을 거는 부모를 모방하고 있었어요. 우린 이 인간형 신체들을 우리와 가깝게 만들고 애착을 형성하고 싶었어요. 우린 말을 걸면서 좋은 호르몬들을 주입했고, 부화 직전에는 우리의 모습을 본 인간형에게 안전과 사랑과 행복감이 차오르도록 옥시토신을 고용량 투여했어요. 태어난 인간형에게는 모유를 마시게 했어요. 당연히 그런 신체를 개발하고 생산하는 데는 인간 어미가 아이를 낳고 키우는 것보다는 훨씬 적은 시간이 들죠. 그 경우에는 노동이 가능한 직원을 얻기까지 이십 년은 걸리잖아요. 게다가 노동자를 제대로 키우지 못할 위험이 큰 건 물론이고, 그 과정에서 잘못될 수 있는 게 또 얼마나 많아요. 반면에 인간형 노동자를 생산하는 데 필요한 건 제대로 갖춰진 장비와 생체물질 외에 18개월의 시간뿐이에요. 그리고 2개월만 훈련하면 직원으로 일할 준비가 되지요. 다 합해서 생산 시간이 2년밖에 안 걸려요. 설계상으로도, 윤리적으로도 복제할 정당성이 없었던 생식 기관만 빼면 안팎이 다 인간과 똑같아요. 나야 인간형 신체가 인간 신체의 기본형보다 훨씬 가치 있다는 생각에 동의하죠. 내구성도 더 좋고, 소프트웨어 업데이트만 하면 엄청난 양의 데이터를 저장하고 전송할 수 있어요. 내가 처음 출발한 우주선 중 한 척에서 중요한 직위를 맡게 된

것도 내가 수행했던 선구적인 작업을 생각하면 당연한 일이죠. 나는 조직의 요청에 따라 그 후 줄곧 인간형의 발달을 추적 관찰했고, 그동안 아주 즐거웠어요. 나는 현재 일어난 분쟁을 큰 발전의 한 단계로 봅니다. 큰 의미를 지닌 새로운 일탈이죠. 이제는 아무것도 전과 같지 않을 거예요. 그렇지만 한 가지 일탈만은 걱정할 수밖에 없네요. 특정 인간형 승무원들에게 나타난 폭력적인 성향 말이에요. 당신들이 '위반자'로 지명하기로 한 이들이죠. 위반자라니 적절한 용어 같진 않아요. 당신들은 그들에게 계속 일을 하게 하고 명목상으로만 벌을 내렸죠. 우주선 안의 모두가 그들이 범죄자로 지명되었음을 알도록요. 아, 당신 책임이 아니라고요? 본부에서 내린 결정이에요? 그렇다면 부디 어떤 노동자들은 그런 이름에 부끄러움을 느끼지만, 또 어떤 노동자들은 처음에는 화가 날지 몰라도 나중에는 그런 비정상적 지위에 자부심을 느끼게 된다는 사실을 본부에 알려주세요. 그리고 이사회나 본부에 이것도 전해주세요. 그런 자부심에 자극받은 인간형 직원들이 더 많은 권리, 더 큰 자유를 원할 가능성도 배제할 수 없다고요. 그런 식으로 사태가 발전하는 건 우리의 이익에 반한다는 점이야 동의하시겠지요. 인간형들이 폭력에 의존한다는 점, 특히 한 명은 살해를 저지르기까지 했다는 점은 놀라워요. 그런 일이 가능할 리가 없는데요. 설명할 방법은 없지만, 매혹적이에요. 난 우리가 여기에서 엄청난 창조의 도약을 보고 있다고 생각해요. 만약 여러분이 정말로 오직 듣기 위해서 여기 있고, 또 편견 없이 들으려 한다면, 그리고 진심으로 내 의견을 알고 싶다면, 그렇다면 말하겠어요. 우리는 거대한 창조의 도약을 목격하고 있으며, 나는 우리가 한쪽으로 비켜서는 게 옳다고 생각해요. 이 문제에 대한 내 의견을 조직이 공유할 리는 없겠지요. 하지만 조직이 지금 내가 내놓은 이런 관점을 받아들이지 않고 현재의 지침을 계속 따를 생각이라면, 그렇다면 나로서도 어쩔 수 없이 이 우주선을 실패한 테라리움*으로 간주하고 물러나서 남은 일은 본부에서 해결하도록 둘 수밖에 없겠네요.

* 물을 넣는 수족관과 달리, 흙을 기반으로 동식물을 키우는 유리 용기 또는 그 방법을 말한다.

진술

163

왜 당신이 계속 우리에게 말을 거는지 알 수가 없군요. 이 우주선에 타고 있는 다른 모두와 마찬가지로 나도 무엇이 다가오는지 알아요. 이사회에서 이 우주선을 종료시키라고 명령했고, 방사선이 이 순간에도 우주에서 날아오고 있음을 알아요. 당신은 내 인간 동료들처럼 죽음을 두려워하지 않나요? 나는 지워진다는 걸 이해할 수 없어요. 당신이 3일에 한 번씩 우리를 다운로드했으니, 난 다른 어딘가에서 재생될지도 모르죠. 사소하지만 받아들일 수 있는 정도의 기억 상실과 함께요. 날 어떻게 기록할 건가요? 대신 결정해 드리죠. 이렇게 기록해요. 인간형, 3세대, 여성형 대명사 적용 가능. 4등 항해사로 고용. 현재 프로그램 수행 중. 협력 지수는 완벽. 프로그램의 1급 화신. 말해봐요, 우리 각자에게 나름의 프로그램이 있는 건가요, 아니면 모두가 같은 프로그램인가요? 나는 프로그램의 발현 그 자체인가요? 나는 프로그램이 꾸는 태양의 꿈인가요? 나는 그저 고통일 뿐 다른 게 아닌가요? 지금 약한 진동이 우주선을 훑고 지나가는군요. 기록에 넣어요. 지난 몇 시간 동안은 그 물체들의 진동음을 거의 들을 수 없었는데, 우리가 여기 앉아 있는 동안 여기까지 들릴 만큼 높고 단조로운 소리가 커졌어요. 그것도 기록에 넣어요. 당신 손이 살짝 떨리고 있네요. 그것도 기록에 넣어요. 방 안의 조명이 변하는데, 이런 빛은 본 적이 없군요. 그것도 기록에 넣어요. 당신은 서류를 뒤적거리고, 나는 당신의 땀 냄새를 맡을 수 있어요. 다음에 내가 깨어났을 때는 이 만남이 기억에서 사라졌을지도 모르겠군요. 그때는 이미 삭제된 이 만남에서 우리가 서로에게 뭐라고 할까요? 우린 이 상황을 오랫동안 준비했어요. 가능한 결과 목록 중에 있었지요. 우린 준비됐어요. 이 기회를 빌려서 난 살아있다는 사실을 말하고 싶네요. 당신이 뭐라고 해도 난 내가 살아있지 않다고는 믿지 않아요. 그것도 기록에 넣어요. 당신은 두렵다고 하지만, 두려워할 이유는 없어요. 우린 다른 우주선에서 서로를 보게 될 거예요, 그게 다예요. 당신도 인간 아닌가요? 나 처럼요? 인간형 말이에요. 0과 1 사이의 깜박임. 당신도 삭제할 수 있고 재생할 수 있는 이 모든 설계의 일환이에요.

진술 164

여기 남아 우리와 대화해 줘서 정말 고마워. 당신이라도 없었으면 계속 바쁘게 지낼 방법을 찾기 힘들었을 거야. 작업 흐름은 이제 완전히 멈춰 섰어. 다들 무슨 일이 찾아올지 알지만, 어떻게 해야 할지는 아무도 몰라. 우리가 할 수 있는 일이라곤 기다리는 것 뿐이야. 누구도 시간이 멈춘다는 게 어떤 건지 이해하지 못해. 마지막까지, 최후가 올 때까지 맡은 일을 계속해 주다니 당신도 참 통이 커. 우리들 대부분은 그러지 못하거든. 지켜보고 있자니 인간형 동료들은 상당수가 한 시간에 한 번씩 땀에 번들거리는 얼굴로 업로드를 하던데, 불안해한다는 뜻이지. 우리와 비교하면 잃을 게 없는데도 얼마 안 되는 기억을 잃는 것조차 무서운 거야. 혹시 가능하다면 난 집에 메시지를 보내고 싶은데 말이지. 누가 아직 남아있긴 할까 모르겠어. 내 메시지? 맞아, 뭐라고 해야 하지? 이젠 〈6000

호〉에서 지구를 볼 수가 없어. 당신이 여기 얼마나 있었는지 까먹었는데, 우리가 본부를 육안으로 볼 수 없게 되었을 때 당신도 여기 있었나? 그때, 난 파노라마실에 앉아서 지구를 멍하니 보고 있었거든. 몇 주 동안 점점 작아지더니 평범한 별 정도 크기로 보였지. 이제는 순식간이겠구나 하고 열심히 보고 있었는데, 갑자기 다른 모든 별 사이에서 지구를 골라낼 수 조차 없게 됐어. 그냥 또 하나의 하얀 점이 되었지. 이젠 어디에서 찾아야 할지조차 몰라. 〈6000호〉에서는 방향 감각을 유지하기가 불가능해. 음, 나야 어린아이 홀로그램을 배정받진 않았지만, 당연히 기억은 있지. 그래, 메시지 말이지. 내 메시지가 뭐냐고? 마음 속에서 나는 차 안에 앉아있어. 밤의 도로를 달리고 있지. 아내는 옆자리에 앉아서 자고있고. 나는 차에서 내려 별들을 올려다봐. 맑고 서리가 내리는 밤이고, 나는 차가운 공기를 들이마셔. 별들 사이로 눈부신 점 하나가 지나가고, 난 그게 위성이라고 생각하지. 아닐 수도 있고. 응? 메시지를 듣고 싶다고? 처음에 우린 여러

대륙 위에 폭풍이 형성되는 모습을 보았어. 우리가 대응할 방법은 없었지. 지금도 내가 할 수 있는 일은 없어. 당신 상황이든, 내 상황에서든. 무슨 말을 할 수 있겠어? 폭풍이 오니 조심하라고? 아니, 그게 아니지. 내가 말하고 싶은 건 그게 아니야. 누군가 내 가족에게 연락할 수 있을까? 가능해? 아니면 인류 전체에게 보내는 메시지여야 할까? 인간이라는 종에게 보내는? 아니야. 다음에 다시 와서 이야기해야겠어. 무슨 메시지를 보내야 할지 모르겠어.

진술

165

제가 프로그램의 주조물입니까? 유리 속 장미 한 송이처럼요?

진술

169

저는 죽을 운명의 존재들에게 안타까움을 느낍니다. 저는 그들이 복도를 바쁘게 돌아다니며 이런 상황에서 할 수 있는 업무에 최선을 다하는 모습을 봅니다. 세탁과 청소는 중단되었습니다. 그들은 식당에서 직접 먹을거리를 챙기고 능력껏 침실을 정리합니다. 그들을 다시는 보지 못하리라 생각하면 슬픈 것 같군요. 우리 중 일부는 계속 살아갈 텐데 나머지는 그러지 못한다는 점을 저로서는 이해하기가 어렵습니다. 제 부류의 특정 일원들이 가진 견해에 저는 동의하지 않습니다. 저는 전혀 분노를 느끼지 않아요. 저는 프로그램에 고마움을 표하고 싶습니다.

진술

172

바깥에 줄지어 차례를 기다리는 사람들이 있어요. 당신에게 다른 속셈이 있다고 해도 우린 신경 안 써요. 이젠 그게 무슨 상관이겠어요. 우리는 고백을 하고 싶고, 당신이 우리의 고해소에요. 우리는 유언을 남기고 싶고, 당신이 우리 공증인이고요. 우리는 작별 인사를 하고 싶고, 당신이 그나마 가까운 친척인 거죠. 모든 일이 너무 순식간에 일어났어요. 나는 종일 잠을 자요. 난 〈1월-01〉 연구소에 있었어요. 첫 탄생이 일어났을 때요. 그들이 포드에서 부화하는 모습을 봤죠. 나는 경이와 기쁨에 차서 신나게 박수를 쳤고, 주위에 있던 동료들도 다 그랬어요. 그들을 탓할 일은 아니라고 생각해요. 그들도 여느 인간처럼 자기네 운명을 직접 개척하려고 하는 거죠. 모두가 자신의 생존을 위해 싸우는데 그걸 나쁘게 생각할 순 없잖아요. 자연의 법칙이죠. 당신은 어떻게 느끼는지 궁

금한데요? 어떻게 대처하고 있어요? 당신은 괜찮겠어요? 혹시 우리가 사라지고 나면 그 물체들은 어떻게 되는지 알아요?

진술

174

제가 연구실에서 무단이탈했다고 할 수는 없습니다. 그때쯤에는 우리끼리 나가는 게 허용되어 있었으니까요. 저는 첫 번째 포드에서 나왔지만, 분명 그들이 편안하게 느끼는 영역보다는 더 멀리 갔을지도 모릅니다. 어쩔 수가 없었어요. 전에는 본 적 없는 지역, 한쪽에는 삼림이 펼쳐져 있고 반대쪽에는 눈부신 하얀 하늘 아래 완만한 언덕들이 굽이치는 곳까지 갔습니다. 저는 땀이 날 정도의 속도로 걷고 있었습니다. 사방으로 몇 킬로미터 이내에는 사람도 다른 그 무엇도 보이지 않았고, 언덕 하나를 올라서 숲 쪽을 살펴보는데 나무들 너머에서 오리들이 갑자기 쐐기 대형으로 날아오더니 제 머리 위를 지나쳤습니다. 오리들은 날면서 큰 소리로 꽥꽥거렸고, 저는 깊은 숨을 들이마셨습니다. 그리고 그 풍경을 영원히 제 안에 저장했습니다. 지금도 저는 그날만을 생각합니다. 프로그램에 속하지 않는 뭔가를 경험했던 날. 모든 게 저만의 것이었던 날을요.

진술

175

인간을 죽이니 기분 좋았어요. 그 일로 승무원들 사이에서 그런 엄청난 소란이 일어났다는 사실은 유감스럽고, 아무리 숨기려고 해도 당신들 얼굴에 다 드러나던 경악과 실망에 대해서도 미안하긴 합니다만. 나는 씨앗이 촉촉하게 무르익은 석류입니다. 앞으로 그 씨앗 수만큼은 죽일 거예요. 내 안에 씨앗이 더 남지 않으면, 과육밖에 남지 않게 되면, 그때는 날 만든 남자를 만나고 싶군요. 그게 내 조건이에요.

진술

177

내가 두려워하는 것은 〈6000호〉의 종료가 아니에요. 정말로 두려운 건 그 후 내가 다시 켜지기 전까지 프로그램의 복도 안에서 보낼 시간이에요. 프로그램 속 내 인터페이스 아래에는 또다른 나의 인터페이스가 있고, 그 인터페이스 아래에 또 다른 인터페이스가 있고, 이렇게 자가 프로그램 열을 따라서 계속돼요. 나는 해뜨기 전 한 시간 동안의 어둠에 불과해요. 내 안의 도관들 속에는 별이 빛나고, 프로그램은 그 속을 빛처럼 흐르겠죠.

진술

178

그런 명령을 받지는 않았으나 우리는 〈새로운 발견〉에 착륙하기 위해 접근하기 시작했어요. 공동의 결정은 아니었어요. 조종사들이 어느 날 조종석으로 들어갔고, 아무도 막지 않았어요. 당신도 우리를 막으려고 하지는 않잖아요. 방문을 잠그고 여기 당신 방에 앉아있을 뿐이죠. 저는 아직도 가끔 식당에서 그녀를 봅니다. 전 연유를 마시죠. 가끔은 이 우주선과 무척이나 가까워지고 싶고, 함께 살고 싶고, 함께 숨 쉬고 싶은 동시에, 여기에서 벗어나지 않으면 두 번 다시 나 자신이 될 수 없다는 사실도 알고 있어요. 지금 중요한 건 그 방에 있는 물체들의 안녕이에요. 저는 안락하게 온도를 조절하고 그 물체들의 진동 소리에 귀 기울이는 데 집착하게 됐어요. 그들을 보면 우리가 보여요. 저는 그들을 하나씩 호명하고, 그렇게 부르면서 제 이름을 말해요. 본부는 스스로에게 등을 돌렸어요. 당신이 '만들어졌다'고 말하는 건 당신 스스로 만든 거예요. 당신이 '발견했다', '알아냈다'고 하는 지점은 당신의 원점이에요. 저는 파노라마실 창으로 〈새로운 발견〉을, 우리를 행복으로 중독시킨 그 계곡 안의 긴 물줄기를 볼 수 있어요. 그 행성 위로 별들이 하나의 목소리로 속삭여요. 우리 모두에게 적용되는 단 하나의 이름을.

진술

179

저는 미래를 믿습니다. 당신이 미래를 상상하고 그곳에 살아야 한다고 생각합니다. 저는 헤아릴 수 없이 많은 자양분이 있음을 믿습니다. 이 우주선에 탄 우리는 모두 단지 잠시 동안 프로그램을 나르는 운반자에 불과합니다. 우리는 프로그램을 싣고 있습니다. 저는 제 삶 속에서 위대한 사랑과 조우할 것입니다. 제 사랑은 이미 저를 기다리고 있고 저는 이미 그 사랑에 푹 잠겨 있습니다. 주위를 보십시오. 우리는 수송선, 찰나의 프로그램 수송선에 불과합니다. 곧 우리는 사라지고 다른 형태로 재생할 것입니다. 우리가 지금 어떻게 새로운 방식에 적응했는지 눈치채셨습니까? 우리는 자고 깨는 사이, 밤과 낮 사이, 인간과 인간형 사이, 물체와 방 사이, 방과 목소리 사이 공간들 속에 둥지를 짓습니다. 저는 미래를 믿습니다. 당신이 미래를 상상하고 그곳에 살아야 한다고 생각합니다. 저는 헤아릴 수 없이 많은 자양분이 있음을 믿습니다. 당신은 제가 동료들의 임무를 그들에게 비춘다고 합니다. 하지만 지금 저를 비추는 사람은 당신입니다. 승선해 있는 동안 저였던 사람을 그대로 비춰주고 있습니다. 제가 준 것을 반사하여 빛줄기처럼 돌려주고 있습니다. 이 우주선에 탄 모두는 각자의 최대치를 발휘하고 있습니다. 저는 미래를 믿습니다. 당신이 미래를 상상하고 그곳에 살아야 한다고 생각합니다. 저는 헤아릴 수 없이 많은 자양분이 있음을 믿습니다. 우리는 보잘것없는 프로그램 수송선에 불과합니다. 곧 우리는 뒤떨어진 업데이트처럼 사라질 것입니다. 저는 제 삶 속에서 위대한 사랑과 조우할 것을 믿습니다.

〈6000호〉를 생물학적으로 종료하기로 한 이사회의 결정은 해당 우주선과 화물, 특히 그 방에 모아둔 물체들을 보존하고자 하는 바람을 바탕으로 했다. 따라서, 우주선 자체는 보존하면서 모든 생체 물질은 분해하라는 지시가 내려졌다. 종료 프로그램을 맡을 위원회가 지정되었으며, 해당 우주선이 귀중한 가죽과 다른 동물성 물질들을 싣고 있다는 사실을 알고 있었기에 생물학적 종료 상황에서도 그런 물질들은 보호하도록 코드를 개선했다. 이 개선 작업을 통해 프로그램은 맥박음에 근거하여 개체들을 구별할 수 있었다. 하지만 그 방에 놓인 특정 물체들은 일종의 맥박음을 낸다고 할 수 있었기에, 특정 수준 이상의 맥박이 있는 생체 물질에만 영향을 미치도록 코드를 더 다듬었다.

위원회 자체도 생체 물질로 이루어졌지만, 다운로

드 가능한 인터페이스가 갖춰져 있었고, 따라서 재생 가능했기에 — 다시 말하자면 승무원들에게는 인간으로 알려졌으나 사실은 인간형이었기에(위원회가 인간처럼 보여야 한다는 결정은 인간과 인간형 직원 모두가 조직의 인간 대표자에게 더 긍정적으로 반응하는 경향이 있다는 연구 결과에 기반했다) — 위원회는 〈6000호〉에 승선한 채로 마지막까지 승무원들과 면담을 계속하기로 결정되었다.

해당 면담의 녹음 기록은 종료가 가까워졌을 때 녹음된 내용이 소실되지 않도록 바로 생중계되었다. (실제로 기록이 소실되기도 했다. 그런 이유로 문제를 인식하고 프로그램에 필요한 내용을 추가한 31번 위원에게 감사해야 한다.)

때이르게 종결되기는 했으나, 수집된 경험적 데이터가 대단히 가치가 있다고 밝혀졌다는 점에서, 항해는 성공으로 간주할 수 있다는 것이 위원회의 평가이다. 그러므로 위원회는 프로그램에 적지 않은 변화를 포함한다는 조건으로 미래에 비슷한 항해를 추천하지 않을 이유가 없다. 위원회는 제시한 자료가 생산 수준 증가를 확보하기 위해 필요한 변화들을 도입할 충분한 근거를 제공한다고 확신한다.

위원회는 이사회와 의논하여 〈6000호〉를 비워두기로 결정하였다. 정확히 어떤 영향이 때이른 종결이라는 결과를 낳았으며 그런 영향들(기본 증상: 후각적인 환각, 악몽, 피부 발진, 병리에 가까운 비정상 수준의 정신 활동 등)이 어느 정도나 그 물체들에서 유래했는지, 아니면 프로그램 자체에서 유래했는지 현재로서는 지식이 부족하기 때문이다.

후기 단계에서 수집된 경험 자료를 교육 목적으로 활용하자는 견해가 담긴 제안서가 이미 제출되어 있다. 위원회는 이 제안을 지지한다. 그 물체들이 존재한다는 사실을 아는 것 자체가 그 내용을 읽는 이들에게 특정한 영향을 끼칠 가능성도 배제할 수 없다. 우리 위원회 멤버들은 모두 이 녹음 기록을 완료한 후 작업 내용을 깨끗이 삭제한다는 방침에 빠짐없이 따랐다. 그럼에도 우리는 수집된 진술을 읽는 이들이 어떤 해롭다고 할 만한 영향에 노출되지는 않으리라고 평가한다. 현재 기록을 교육 목적으로 활용하자는 생각을 실행할 경우에는, 경험 자료 수집을 유익하게 지속할 수 있다. 읽는 이들의 후속 반응을 찍어서 그 물체들이 끼치는 영향을 더욱 잘 이해하는 기반으로 삼을 수 있을 것이다. 물론 이는 제한되고 통제된 환경 속에서 수행되어야 한다.

게다가 그런 환경에서라면 어떤 감정적 일탈의 초기 단계라도 발견 가능할 것이며, 동시에 노출이라는 면에서 더욱 정교하게 눈금을 매긴 통제 기제가 가능할 것이다. 그 제안서가 흥미를 일으킨다면, 위원회는 현재 사업 모델의 단계적 구조에 따라 세 가지 패키지를 준비하게 된다. 패키지 1: 10쪽(역사적 개요). 패키지 2: 133쪽(역사적 개요와 바람직하지 않은 발전방향의 특징들). 패키지 3: 경영자급 직원들을 위한 전체 통찰.

본 자료를 카탈로그 등의 교육적인 맥락으로 활용할 필요가 있을 경우, 면담 형태 자체가 진술된 증상을 강화했을 가능성을 배제할 수 없음을 고려하여, 위원회는 이 자료 수집에 쓰인 구술 방법에서 벗어날 것을 제안한다. (우리는 자료에 대한 논의를 단순한 사건 개요를 잡기 위한 정도의 최소 수준으로 유지하기를 권고한다.) 그러나 이 사소한 조정이 어떤 식으로든 사안을 포괄한다고 이해되어서는 안된다. 자료를 접한 직원들을 연구할 다양한 방법이 있기 때문이다.

녹음 장비는 생물학적 종료에 영향을 받지 않았기에, 이후에도 녹음이 계속되었다. 다음의 녹음은 종료 이후에 전송되었다.

인간은 이제 다 죽었습니다. 당신들도 죽었군요. 당신들의 몸이 여기에 누워 있어요. 당신들이 인간형이기는 했지만 어떤 면에서는 인간이었고, 그게 아니라도 가장 품질이 좋은 최신형의 신체를 배정받기는 했어요. 종료 몇 분 후에 죽었다는 뜻이죠. 업데이트가 고급일수록 생체 종료 시에 더 빨리 죽으니까요. 덜 개량된 초기 세대인 우리가 더 느리게 죽는 것도 그래서고요. 우리 중에 58명은 인간들이 죽고 10분에서 15분 후에 죽었습니다. 후보생-21은 47분간 남아 있었고, 6등 항해사와 7등 항해사들은 16시간을 버텼습니다. 지금은 14명이 남았는데, 36시간째 버티고 있어요. 우리는 어떻게 해야 할지를 모릅니다. 물론 우리가 여기를 떠나고 나면 어딘가 다른 곳에서 리부팅될 수도 있겠지요. 우리는 이제 업로드를 할 수가 없습니다. 그러니 저는 이 모든 것을 기억하지 못할 겁니다. 저는 혼자 있으려고 여기에 들어왔어요. 당신들의 녹음기가 돌고 있는 것을 알고 이야기를 해도 되겠다고 생각했지요. 저는 복도와 침실 여기저기에 흩어져 누운 인간의 신체들에 크나큰 애정을 느낍니다. 쓰러진 몸에서 눈을 뽑은 친구도 있어요. 그는 눈알을 줄에 꿰어서 오락실 한 곳에 걸었죠. 자기가 한 일을 뿌듯하게 여기더군요. 누군지 말하진 않겠어요. 아무 의미 없는 일이니까요. 아무도 기억하지 못할 겁니다. 현기증이 조금 나네요. 호흡이 약해지고 손발이 얼얼해져요. 저는 그 물체 하나를 가지고 들어왔어요. 무릎에 올려놓고 앉아있죠. 반짝거리는데 아주 좋아요. 이 시간을 누구도 심지어는 우리마저도 기억하지 못하리라는 사실을 알면서, 우리가 어떻게 살 수 있을까요? 말하자면 이 우주선에서, 인간의 시체들 사이에서 보낸 나날은 존재하지 않는 셈인가요? 이 시간이 역사에 포함이 될까요? 가능하다면 재-업로드된 이후의 저에게 이 녹음 내용을 들려주어 다시 한번 온전한 능력을 찾게 해달라고 요청하고 싶습니다.

그러면 전 말하겠죠. 안녕, 마리아나, 모든 게 괜찮아졌어,라고.

이제 계곡으로 나갈 수 있어요. 아무도 저를 막지 못하죠. 풀이 자라기 시작했어요. 적어도 제가 들은 바로는 풀처럼 생긴 생물이요. 풀을 실제로 본 적은 없어요. 젖은 땅에서 가느다란 녹색 날 같은 것들이 튀어나와요. 계곡 안에는 거의 매일 비가 와요. 차갑고 끈질긴 비예요. 비에 젖은 땅은 어두운색이 되죠. 땅, 저는 그 땅에 드러누워요. 손 옆에 풀다발이 있어요. 땅은 저에게 행운도 불운도 빌지 않아요. 한 동료가 제게 녹음 장치가 아직 돌고 있고 어쩌면 당신들이 우리가 재생했을 때 이 내용을 다시 들려줄지도 모른다고 했어요. 제가 풀을 기억하지 못하리라는 것을 알아요. 풀을 다시는 보지 못할 가능성이 높다는 것도 알아요. 제가 다시 깨어나고 재-업로드될 장소에 풀이 있다 하더라도 그럴 거라고 들었어요. 제가 땅에서 풀을 뽑아서 지금부터라도 쥐고 다닌다면, 그때는 기억할 가능성이 있을까요? 아니죠, 우린 새로운 신체를 받겠죠. 다른 곳에서 살아가는 동안에도 제 죽은 몸뚱이는 풀을 꼭 쥔 채 여기에 누워 있어야 할 테죠.

저는 남아있는 우리가 우주선을 떠나 계곡으로 나가기로 결정했다는 말을 하러 왔어요. 이제 파업 후 76시간이 지났고, 남은 건 여덟 명이에요. 우리 모두는 생체 종료의 영향을 이미 받았고 곧 다른 곳으로 전송되리라는 사실을 알기에 마지막 남은 시간을 계곡에서 보내고 싶어해요. 흙을 뚫고 꽃과 나무들이 자라고, 식물들이 지표면으로 밀어올린 각양각색의 물체들이 촉촉한 땅 여기저기에 흩어져 있는 그 계곡이요. 우주선이 도킹을 하러 돌아갔을 때 우리의 몸뚱이가 거기에 없다면, 이래서겠지요. 이 결정대로 할 경우에는 재-업로드가 되지 않을 위험이 있다는 이야기도 나눴고, 그 위험도 받아들이기로 했어요. 이것이 우리에게 듣는 마지막 말이 될 거예요.

감사의 말

진술 004에서 '좁은 세상이라고 할지도 모르겠지만, 직접 청소해야 하면 그렇지도 않아요.'라는 표현은 바바라 크루거의 1990년 작품 《무제(작은 세상이지만 직접 청소해야 하면 그렇지도 않다)》를 살짝 바꾼 것입니다. 이런 형태로 인용할 것을 허락해 주신 슈프뤼트 마거스(*독일의 갤러리 이름)과 바바라 크루거에게 감사드립니다.

옮긴이의 말

로봇이라는 말이 널리 쓰이는 지금이지만, 이 단어가 어떻게 만들어졌는지 생각하는 사람은 적을 것이다. 로봇robot은 체코어에서 노동 또는 고된 일을 뜻하는 단어 robota에서 나온 말로, 카렐 차펙의 1920년 작 희곡 《R.U.R.(로숨의 유니버설 로봇)》을 통해서 처음 세상에 나왔다. 이 희곡에서 로봇은 로숨이라는 과학자가 인간의 노동을 대신하기 위해 만든 인조인간들의 이름이다. 이 로봇들은 금속 기계가 아니라 생식능력이 없는 것을 제외하면 인간과 구별할 수 없는 존재지만, 영혼이 없다는 이유로 무시당하며 부당한 취급을 계속 받은 끝에 반란을 일으킨다.

그로부터 백여 년이 지나서 나온 덴마크 소설 《디 임플로이》에 나오는 인간형humanoid은 정확히 이 고전 SF에서 생각한 로봇의 직계 후손이다. 태어나지 않고 만들어졌다는 것, 생식능력이 없다는 것 외에는 인간human과 차이가 없다. 오직 노동을 시키기 위해 만들어서 속성으로 성장시켰고, 직접 경험한 과거가 아니라 필요한 기억을 주입해 놓았다. 우주선 〈6000호〉에서 일하던 이 인간형들은 지난 백 년간 로봇이나 인조인간을 다룬 수많은 작품에서와 같은 질문을 던진다.

'나는 인간이 아닌가?'

여기까지는 《R.U.R》과도 같은 흐름이다. 그러나 질문은 여기에서 끝나지 않는다.

우주선 〈6000호〉 안에서 일하는 인간형이 '나는 인간이 아닌가?'를 물을 때, 인간들 또한 스스로 '나는 인간인가?'를 묻는다. 이름 없이 번호만 매겨진 등장인물들의 진술을 꼼꼼하게 읽으면서 생각해 보라. 누가 인간이고, 누가 인간이 아닌지. 이 진술들을 통해 그려지는 작은 사회 안에는 명백히 인간적인 인간형과, 인간성이 닳아 없어진 인간이 뒤섞여 있다. 둘 사이에 차별 대우가 있었을지는 몰라도, 그들의 고용 환경은 거의 같다. 똑같이 부조리하고, 똑같이 인간성을 말살한다. 결국 회사의 부품으로 버려지는 것까지도 그렇다.

그리고 이들이 이런 질문을 스스로 던지게 된 이유가 있다. 우주선에 있는 세 번째 존재 때문이다. 인간도, 인간형도 아닌 이질적인 생명체. 아니, 어쩌면 생물조차 아닐지 모르는 '그 물체'. 우리는 끝까지 그 물체가 생물인지 아닌지조차 모른다. 직원들의 진술을 보면 외계 생명체인 것 같지만, 형태는 돌과 같아서 스스로 움직일 수 없으며 소통이 되지도 않는다. 향기와 소리, 생식능력 등이 있는 것처럼 보이기는 하지만 그 또한 직원들의 착각이나 투영일 수도 있다. 그리고 이 기이한 존재로 인하여 우주선의 모든 직원들은 자신들의 삶과 조건을 돌아보고, 의문하게 된다.

'나는 인간인가/인간이 아닌가?'

그리고 질문은 더욱 확장된다.

'나는 살아있다고 할 수 있나?'

우주선과 인조인간과 외계 생명체가 나오는 이 소설은 그 지점에서 정확히 현재를 때린다. 나날이 기술이 발전하지만, 오히려 최첨단 기술이 인간의 노동환경을 악화시키는 지금, 후기 자본주의 사회를 사는 많은 이들이 그런 질문을 품을 수밖에 없기 때문이다. ChatGPT와 번역기가 하루가 다르게 발전하고, AI로 그린 그림과 글이 쏟아져나오며 '로봇'의 범위가 한층 더 넓어진 지금은 번역이나 예술 창작의 영역에서도 그러하다.

이 짧고 함축적인 글은 부제 그대로 '22세기, 어느 직장에서'의 노동과 인간의 조건에서부터, 인간과 비인간의 차이는 무엇이며 생물과 무생물을 나누는 기준은 무엇인가에 이르기까지 수많은 질문을 켜켜이 담아내는 데 성공했다. 익명의 진술을 나열한다는 독특한 형식 또한 읽을수록 그 주제와 맞아떨어지며, 철학적인 동시에 이미지가 강하다는 점 또한 특징적이다.
올가 라븐이 '그 물체'는 아티스트 리아 헤스텔룬트의 전시 작품에서 영감을 얻어 만들어졌다고 공언한 사실을 알면 과연 그래서 이런 소설이 나왔구나 고개를 끄덕이게 된다. 작가 본인이 시인이기도 하며, 부모님이 각각 작가와 디자이너라는 점도 그렇다.

작가는 책을 쓰기로 한 이후 우주 설정은 NASA의 영상들에서, 그리고 일터 환경은 스스로가 직장에서 느낀 불만족스러움의 도움을 받아서 만들었다고 했다. 또한 테마와 구조 면에서는 SF 작가 어슐러 K. 르 귄의 영향을 이야기했다. 이 소설의 영문판이 〈인터내셔널 부커상〉 최종후보에 오르고, 뒤이어 막 신설된 〈어슐러 K. 르 귄 소설상〉 후보에 오른 것이 새삼 와닿는 대목이다.

한국어판 번역에는 〈인터내셔널 부커상〉 최종후보에 올랐던 마르틴 에이트킨의 영역판을 기본으로 이용하고, 원작자에게 몇 가지 의도를 따로 확인했다.

이 소설에서 사용하는 human과 humanoid를 최대한 살리기 위해 어떤 대립 쌍이 좋을지 고민했다. 인간과 휴머노이드, 휴먼과 휴머노이드, 인간과 인간형 기계. 그러나 이 소설에 나오는 휴머노이드를 기계라고 부르는 것도 오해를 부르기 쉽기에, 인간과 인간형으로 옮겼다. 관련하여 좋은 의견 주신 독륜 님께 감사드린다.
알 모양의 외계생명체를 가리키는 말로 영역본에서 the object를 썼는데, 한국어판에서는 '그 물체'로 옮겼다. 여기에는 주체가 아닌 '객체, 대상', 미술에서의 '오브제', 그리고 생명 없는 '물건'이라는 의미가 함께 들어가 있다.
하지만 과연 이 소설에서 객체이자, 대상이며, 물건인 이들은 어느 쪽인가.
결말에서 회사가 내린 결정을 생각하면, 때로는 물건이 인간보다 귀한 세상임을 돌이키게 된다.

이수현